噬血狂襲

STRIKE THE BLOOD

3

天使焚身

三雲岳斗

illustration マニャ子

Kadokawa Fantastic Novels

曉古城
「第四眞祖」The Fourth Primogenitor
世界最強的「怠惰」吸血鬼

姬柊雪菜
「劍巫」Swords-Shaman
獅子王機關的嬌柔監視者

拉・芙莉亞・立赫班
「公主」Princess of Aldeigia
冰雪聰明的白銀皇女

叶瀨夏音
「模造天使」Faux-Angel
國中部的仁慈聖女

煌坂紗矢華
「舞威媛」Shamanic War Dancer
優雅起舞的魔彈射手

矢瀨基樹
「過度適應者」Hyper-Adapter
開朗的學友或者雙面小丑
藍羽淺蔥
「電子女帝」Cyber Empress
華麗任性的電腦天才女高中生

Contents

三雲岳斗

illustration マニャ子

天使焚身

3

Kadokawa Fantastic Novels

序章

Intro

少女在燈光下醒了。

純白色牆壁；眩目的照明；一塵不染的潔淨空氣。

眾多醫療電子儀器如雕像般默默俯望著躺在床上的她。刻在大理石床上的，是以古代神聖文字記載的一段聖言。

那裡是用以隔離特殊患者的病房，同時亦為莊嚴的聖堂。

『——實驗體XDA-7，覺醒等級上升。』

遙遠的某處傳來刺耳的說話聲——缺乏溫暖的無機性語音。

少女無意識地想逃離那陣聲音，在床上扭身掙扎。

套於雙臂的淺灰色手銬，微微發出冷硬的磨擦聲。

『血壓、脈搏皆增加，體溫提高零點三度，血液中的腎上腺皮質醇濃度急速上升中。基於手續二五四四，申請誦唱偽典第六章第一節至第九章第十一節。』

『——申請認可。開始誦唱。』

莊嚴的樂音灑落於痛苦掙扎的少女頭上。

無數旋律輪唱下不斷反覆的多部卡農。

搭配管風琴的高尚伴奏，機械音效奏鳴而成的聖歌響起。宛如呼應這陣歌聲，刻於床上的文字增加亮度。

室內逐漸充滿聖潔氣息，少女緩緩停下動作。

那是個銀髮少女，年紀大約十幾歲，應該尚未過半。

她身上只穿了深藍色短病患服及黑色金屬面具——一張有著無數眼球圖形的陰森面具。

少女裸露的四肢白皙纖瘦得弱不禁風。白皙肌膚的表面浮現奇特刻紋，是令人聯想到電子迴路的精密魔法紋路。

伴隨著機械性歌聲灑落，她那身刻紋不停閃爍。

『誦唱續行。併同注入止痛鎮定劑，繼續半入睡催眠程序——』

魔導技師們冷冷的互動，少女淺寐時都聽在耳裡。

如今她已感覺不到痛苦及哀愁。優美的光與音如洪流將她包裹。

少女那身魔法圖紋所催生的神聖波動，旋即令她本身變質，移轉為靈格更高階的存在。

好似遙坐天界的全能之神，崇高而聖潔。

如今的她已非人類，而是藉魔法獲得祝福的神明使者。

既然如此——少女心想。

留在我舌頭上的血腥味，又是什麼呢——？

†

那艘船全身籠罩火焰，航行於高度一千公尺的夜空。

全長超過一百七十公尺。它是一艘覆蓋著特殊合金製的硬殼、裝備有四具渦輪引擎及十二門機關炮的巨大裝甲飛行船。

安定翼上所畫的，乃為手持大劍的女武神——北歐阿爾迪基亞皇室的徽章。

紡錘型船體染著如冰河光彩般的粉藍，為黃金鑲邊所裝點。

是唯有皇室成員及侍從團隊才被准許搭乘的飛天堡壘。

在月光照耀下浮現的身影堪稱天上皇宮。

可是，那優美的船體如今卻呈現負傷累累的慘狀。

「唉……真沒勁。」

起火的船上站著一名高大女子，深紅色緊身衣包裹全身，右手握著長槍。

她的雙眸同樣是濡血般鮮豔的深紅色。

唇縫間露出的純白獠牙再再道出女子的真面目。D種完全體——是吸血鬼。

「受不了，多花我一堆工夫。再沒比這更悶的了……」

女子拖著長槍走在甲板上。

深紅色槍尖削去船體裝甲，發出尖銳聲音與火花。

她是襲擊這艘船，毫不留情地摧毀壯觀船體，令其陷入火海的始作俑者。

「……妳是……什麼人？誰雇妳來的？」

擋住女子去路的是披戴強化鎧甲的騎士。黃金鑲邊的裝甲戰鬥服，護肩上頭同樣刻有阿爾迪基亞的徽章。

那代表直屬皇室的近衛騎士，也證明他是這艘飛行船的護衛團長。

「妳來此鬧事，可知這艘船是我等聖環騎士團所守護的『蘭瓦德』？」

儘管全身受創，騎士仍怒目瞪向女子，舉起的劍鋒綻放蒼白光芒。

吸血鬼女子慵懶地止步，藐視般看著眼前的騎士。

在她背後有爆炸發生，使船體上浮的氣囊部分遭到破壞了。隨著貴重的浮力體外洩，巨大的裝甲飛行船無計可施地斜傾。

騎士目睹黃金裝飾逐漸剝落，憤怒得雙臂顫抖。

女子撩起波浪般起伏的長髮，貌似煩躁地催促：

「我不就說過了嗎？快點把你們寶貝兮兮地藏起來的小婊子交出來。人到手，我好給你一個痛快——！」

話說完以前，她已破風嘯嘯振臂高揮。爆發性魔力環繞深紅色長槍，朝騎士席捲而來。

「別太看得起自己了，就憑妳這吸血鬼！」

騎士硬是迎面接住這一擊。

驚人魔力揮散出餘波，深紅色槍尖被彈開。她望著這一幕，並沒有特別訝異，而是洩氣似的發出嘆息。

「哈……那玩意就是阿爾迪基亞的匠英系統？確實很礙事，讓人興致都沒了。」

「骯髒的野狗也敢妄想擊落這艘船？我不會再讓你們為所欲為，妳這魔族！」

騎士用散發蒼白光芒的劍尖指向女子。

匠英系統是阿爾迪基亞王國研發的最新銳騎士裝備——靠母艦精靈爐輸送的大量靈力，令武器靈格暫時提升至聖劍等級的強力戰術支援兵器。阿爾迪基亞聖環騎士團曾藉此立下諸多戰功，甚至讓他們被稱為魔族的天敵。

然而，即使面對擬造聖劍的光輝，女子臉色仍無改變。依舊懶散的她提著長槍，眼帶嘲弄地望向受創的騎士。

此時就在她背後有道黑影現身了。是個毛色漆黑的獸人。

「讓妳久等啦，ＢＢ。」

獸人用興致全失的口氣朝女子喚道。他渾身傳來血腥味，那是襲擊飛行船乘員所濺到的血，利爪前端還沾著血淋淋的肉片。

「嗨，歡迎回來。阿爾迪基亞的那頭母豬在哪？」

女子頭也不回地問。獸人靜靜地搖頭。

「不在這裡，艦橋和臥房都人去樓空。逃生艇少了一艘，似乎讓她逃了。」

「所以我們白跑一趟啦？傷腦筋。這樣拿得到報酬嗎？算啦，無所謂。」

女子意興闌珊地說。殺氣由頹美的臉上消退，同時深紅色長槍從她手中憑空消失。態度之傲慢，彷彿根本不將持劍相向的騎士放在眼裡。

「妳這傢伙，在愚弄我嗎——！」

騎士將擬造聖劍舉為上段大吼。

女子嫌煩似的回望對方嘲笑：

「匠英系統……我承認就威力而言很有一回事。換作尋常魔族，大概連靠近那道光芒都沒辦法吧。」

面對騎士在怒號間施展的攻擊，吸血鬼女子悠然閃身。接著她拿出手機型的行動裝置，熟練地操作起來。浮現於裝置螢幕上的是「降臨」的字樣。

隨後，光芒遍布於他們頭頂。

「不過呢，真是可惜……你要應付的並不是魔族。」

有東西劃破昏暗夜空，自雲隙間飛落。是一道瀰漫凶光的嬌小身影。在它背上長了好幾片浮現鮮紅血管而形貌扭曲的翅膀。

「這傢伙，是什麼玩意……！」

騎士朝空中的身影揮劍。

擬造聖劍的靈氣旋即化為閃光撲向來者身影。那是能擊退萬般魔物的破魔靈光。然而，那道光刃卻在觸及空中身影的瞬間，如玻璃般碎散消滅。

怎麼可能——騎士心生動搖，紅衣女子則同情似的對他笑了。

在這段期間，空中的身影仍繼續降低高度，朝重創的裝甲飛行船逼近。灑落的魔力波動化為暴風，劇烈搖撼著船體。

騎士再次揮劍。可是無論重複幾次，結果都相同。

擬造聖劍的靈光無法觸及空中那道身影，彷彿無力的人工照明被太陽光輝掩蓋——令破魔靈光失效並消滅的力量，代表浮現在眼前的扭曲身影不屬於邪惡。這頭兇惡的怪物，遠比精靈爐催生的人工擬造聖劍更為神聖高潔。

「難不成……這是……」

怪物如今已降落在飛行船甲板上，完全暴露身形。

裸露的瘦弱四肢浮現詭異紋路；讓人作嘔的醜陋翅膀；頭部戴著奇怪面具。然而，它所散發的卻是至淨至純的神聖波動——

「天使……嗎……！」

伴隨清澈歌聲，長有翅膀的怪物放出耀眼閃光。那是將一切燒滅的淨化之光。

紅衣女子和獸人早就逃之夭夭。騎士來不及察覺這些，意識已被灼熱的光吞沒。曾經美麗的裝甲飛行船爆炸碎散，殘骸墜入夜色昏沉的海。

第一章 友情、愛情與古城的狀況

Delicate Relation

1

實際來說，那並不是他們兩個第一次相見。

不過關於她——藍羽淺蔥，曉古城最先回憶到的就是那晚在醫院等候室裡，發生在昏暗中的某件事情。

那天晚上，淺蔥獨自坐在長椅上，茫然望著腿上攤開的筆記型電腦。當時她是個身穿彩海學園制服、留著樸素黑髮的國中生。

過了晚上九點，外面來的患者和探病訪客都已經走光。窗外陰暗，院內一片寂靜，只有緊急照明的微弱燈光照在仍略顯年幼的她臉上。

碰巧經過的古城驀然止步，目光停留在那張臉龐。

他看過那名少女——這占了一半原因。

另一半原因是她看起來像在哭。

察覺到古城這樣的視線，淺蔥忽然抬頭。

淚濕的強悍目光，出乎意料地朝他直直瞪過來。

古城有些驚訝。因為他只有一種印象——藍羽淺蔥在教室時是個不起眼又文靜的女生。

「記得……你是我們學校的新成員？」

淺蔥質問的口氣意外沉穩。古城短短嘆息。

「至少叫我轉學生吧。況且我轉學過來，也是快兩個月前的事了。」

「這樣啊……反正我不在乎。」

淺蔥隨意聳肩。古城事後才知道，她似乎從讀幼稚園時就住在這座名叫絃神島的小型人工島。在淺蔥看來，搬到島上還不滿兩個月的古城確實只算新成員。

「妳的眼鏡呢？」

古城察覺對方和平時在教室的模樣差別在哪，開口問道。在他的記憶裡，淺蔥應該總是戴著一副土氣樸素的眼鏡。

但淺蔥乾脆地搖頭說：

「那個沒有度數。我視力又不差。」

「原來是這樣，總覺得——」

難得有張漂亮臉孔卻戴眼鏡，真可惜——差點如此說出口的古城把話吞了回去。他認為這樣太多管閒事，才會打消念頭。淺蔥狐疑地半睜著眼瞪向他問：

「不講這個了。這種時間你為什麼會在醫院？撞傷手指嗎？」

「……只是撞傷手指的話，不會特地跑來這種大醫院啦。」

古城皺著臉回嘴。他是籃球隊隊員這件事，淺蔥好像姑且知道。她用哭腫的紅眼睛稍稍使壞般微笑著說：

「那麼，你是怎樣？受了中斷選手壽命的重傷嗎？」

「別說了，真夠烏鴉嘴。」

古城打從心裡感到反感似的撇著嘴，壓低答話的音調。他盡可能不把事情說得太嚴重，只淡淡說出實情：

「我妹妹住院啦。從我們搬來這座島以後，她就一直待在醫院。」

「……這樣啊……」

淺蔥面色不改。然而在這個瞬間，古城從嗓音感覺到淺蔥對他的戒心與敵意似乎變少了，這大概不是心理作用。

「你幹嘛杵著？坐啊。」

淺蔥闔上捧在腿上的筆記型電腦，指了自己旁邊的座位。

「呃，可是……」

「沒關係啦。如果一個人在這種地方哭，不是顯得很淒慘嗎？」

「有我在也幫不上任何忙喔。」

期待我開口安慰，我也很困擾就是了——這麼想的古城說完，淺蔥就賊賊地笑了。明明是個臉蛋沒話說的美女，卻有一張不修邊幅的笑容。

「不要緊啦。如果有人講閒話，我會說是你把我惹哭的。」

「那算什麼話，對我未免太過分了吧？」

「這點事你就忍忍吧。當作是看過我哭的懲罰。」

面對她不講理的說詞，古城露出苦笑。爽快的態度讓人不會意識到她是異性，相處起來讓古城感覺很舒服，簡直像和認識已久的哥兒們待在一塊。

當晚，淺蔥的母親病死了。在那之後過了幾天，古城才得知這件事。

那是名叫曉古城的少年被喚作世界最強吸血鬼「第四真祖」前，留下的記憶——

2

——就是這麼回事。

嘴唇柔軟的觸感和惡作劇般的嗓音都生動地在腦中復甦，古城因而猛然抬起臉。

早上擁擠的單軌列車內，車掌慵散的廣播聲及誘發睡意的單調加速。窗外則是絃神市的人工街景，還有朝陽照耀的蔚藍大海開展於眼前。這是熟悉的魔族特區景色。

古城感覺鼻子裡有種像出血前兆的癢勁，一邊嘆道：「是夢啊？」

「學長。」

「唔喔！」

被姬柊雪菜在極近距離叫住，古城著實驚呼。

雪菜發出「唔～～」的一聲閉著唇，滿臉不服地仰望古城。

身穿制服、揹了黑色吉他盒的國中女生——面容清秀的少女，五官端正得過分。儘管古城以為自己多少已經看慣，不過那張面孔忽然出現在眼前，坦白說他仍會莫名心慌。但雪菜本身似乎絲毫沒有那種自覺——

「電車就快到站了。」

面對動搖的古城，雪菜用露骨的懷疑語氣說道。

單軌列車正好在車站前開始減速。這一站離古城他們就讀的彩海學園最近。也因為現在是通學時間，車裡除了古城他們以外，還有許多同校學生。古城和雪菜這樣漂亮的學妹一起上學，周圍明顯有嫉妒和憎恨的視線落在他身上。

其實雪菜單純只是因為任務必須監視古城，但即使在這種狀況下主張這些，八成也沒有人會相信。哪怕古城的真實身分是人稱「第四真祖」的吸血鬼，而雪菜所揹的黑色吉他盒中還擺著連真祖也能誅殺的破魔長槍。

饒了我吧——古城心裡這麼嘀咕著，虛脫嘆道：

「唔……是喔。抱歉，我稍微打了瞌睡。」

「我看就知道了。」

「這……這樣啊。」

「……學長有心事嗎？感覺你剛才似乎是夢魘。」

雪菜正經八百地問。古城的臉再次抽搐，實在說不出自己是回想起被同班同學親吻時的事情。

「呃，沒事，沒什麼啦。我只是稍微嚇到而已。」

「……你和藍羽學姊發生過什麼嗎？」

「咦！」

為什麼妳會知道——差點如此脫口的古城又連忙把話吞回去。雪菜不愧被人稱為劍巫，靈感不可小覷。

在她陣陣逼近下，古城滿身冷汗地別開目光說：

「沒……沒有啊……怎麼會呢……哈哈哈……」

「真的？」

「我沒有亂來。我什麼也沒做。」

「……學長，為什麼你要別開眼睛？」

「……就算妳這麼問，要我從這個角度看妳，有點不方便……」

被雪菜貼身仰望，古城支支吾吾地含糊其詞。

「角度？」

雪菜愣著眨了眨眼。

嬌小的她身高和古城相差二十幾公分。從這個位置朝站著的雪菜低頭一看，正好能瞧見她的制服胸口。

換句話說，能看見前襟縫隙間露出的白淨肌膚，以及要稱作乳溝仍顯微不足道的縫——

「學長……！」

雪菜驚覺以後，用雙臂遮住胸口瞪視古城。古城拚命搖頭。

「慢著慢著！剛才那不是我的錯吧！」

「……說的也對。看學長一如往常，我也放心了。」

雪菜認命般深深嘆氣。因為這種事而放心，也讓人很困擾就是了——這麼心想的古城皺起臉。能轉移話題是謝天謝地，他卻不知為何無法釋懷。

無人駕駛的單軌列車到站後，車門開啟。古城他們混在三三兩兩下車的學生中，朝著驗票口走去。

從車站走到彩海學園不用十分鐘。古城慵懶地走在人工設計的平緩坡道上，雪菜仰望他那副臉龐，擔心似的蹙眉。

「學長，真的不要緊嗎？你的臉色也不太好喔。」

「沒辦法吧，吸血鬼體質要在這種時段上學超難熬。我說真的。」

古城一臉怨恨地抬頭望向亂晴朗的藍天。

浮在太平洋中央的絃神島是一座四季常夏的人工都市，即使到了十月仍絲毫沒有秋意，強烈陽光灑落而下。老實說，就算不是吸血鬼也同樣難熬。

「而且我這陣子一直睡眠不足。」

「你說……睡眠不足？」

「對啊。因為煌坂那傢伙半夜還打電話給我。」

「電話？是紗矢華打給學長嗎？」

雪菜訝異得睜大眼睛。古城渾然不覺地說：

「經過上次那件事之後，她偶爾就會打給我。比如問妳那天的狀況，還有她有時也會讓人摸不著頭緒地說教個沒完。明明也沒多大的事要找我，搞不懂她在想什麼就是了。」

「她沒有事要找學長……卻還說個沒完？」

「煌坂還說是因為妳沒有手機，不得已才會找我談。」

古城沒有特別起疑便將聽來的說詞照實奉告。

雪菜擺出莫名認真的臉色，自言自語般嘀咕：

「……紗矢華從以前就討厭講電話，還曾經造成一點問題。即使是面對獅子王機關的上司，她也說自己受不了耳邊有男人的聲音，就將對方設成拒接來電。」

「啊……這麼說來，她討厭男人嘛。」

古城想起剛碰面時紗矢華那種針鋒相對的態度，不禁嘆了氣。

煌坂紗矢華和雪菜一樣，是隸屬獅子王機關的攻魔師。

自幼具備傑出靈視力的她，以前似乎曾遭受排斥那股能力的父親經常性的家暴，因此她到現在仍厭惡所有男性。

「可是，煌坂卻特地打電話給我，看來她相當在乎妳耶。該說她依舊這麼關心朋友，還是保護過度啊……」

「學長……」

雪菜對委屈嘀咕的古城投以責備般的目光。她這意料外的反應讓古城略感困惑。

「姬柊？」

「沒事，沒什麼。學長你說的對。」

淡然答話的雪菜停下腳步，態度彷彿在鬧脾氣，古城卻不明所以。雪菜依然面無表情，機械性地點頭說：

「那麼，我先在這裡失陪了。我要去國中部校舍。」

「唔……是喔。」

目送逐漸遠離的雪菜，古城歪著頭。揹著吉他盒的嬌小背影立刻混進穿著相同制服的學生當中，看不見了。

「到底怎麼搞的啊？」

古城杵在原地，被早晨的耀眼陽光毫不留情地曬著。今天似乎也會是炎熱的一天。

3

「喲，古城。總覺得你那張臉比平時更糟耶。不要緊吧？」

當古城拖泥帶水地在出入口換室內鞋時，有人從背後搭話。

脖子上掛著耳機的男同學略顯亢奮地朝他揮手。那是古城從國中時期就認識的損友，矢瀨基樹。古城嫌煩似的揮手打招呼：

「我只是睡眠不足，別管我。」

「哦……睡眠不足？」

聽見古城隨口回答，路過的築島倫帶著笑容插嘴。她憑著出色身材及冷靜言行，在同校男生間擁有許多死心塌地的粉絲，同時也在古城等人就讀的一年B班擔任班級幹部。

「有什麼心事嗎？如果不嫌棄，我可以陪你商量喔。」

「呃，我倒不是……在煩惱什麼……」

「是人際關係吧。」

倫望著想含混帶過的古城，毫不猶豫地鐵口直斷。聽了她自信滿滿的這句話，古城立刻心生動搖。

「咦？」

「照你的眉型和鼻翼角度來看，這是對人際關係抱有煩惱的臉。」

「是……是這樣嗎？」

困惑的古城不禁摸了摸鼻尖。他沒聽說過倫會看面相，可是提到人際關係上的煩惱，古城心裡並不是沒有底。

和慌成一團的古城相反，倫口氣嚴肅地繼續說道：

「癥結出在和你親近的人呢。你的靈氣顏色暗暗指出……問題是女性關係？」

「為……為什麼妳會知道？」

反射性想起淺蔥的古城驚呼。

她和古城接吻大約是在兩週前，某起恐怖攻擊案之後發生的事。

自國中時認識以來，古城幾乎不曾意識到淺蔥是異性。然而碰上那種事之後，他實在無法繼續當成這樣。就算古城再遲鈍，總會明白淺蔥對自己有好感。

古城並不覺得困擾。先不提他對淺蔥抱持的算不算戀愛感情，從喜歡或討厭來講，他能篤定自己無庸置疑喜歡淺蔥。

結果這項事實，正是令古城苦惱的原因。

因為他懷有無法向淺蔥明說的祕密。自己是世界最強的吸血鬼——這般荒誕愚蠢又要命的祕密——

他不能掩飾這項重大事實，還接受淺蔥的好意。

話雖如此，要是為了保密而冷落淺蔥，結果會讓她和自己都受傷。基本上光有自己在身邊，不就已經讓一無所知的淺蔥捲進危險了——考慮到這些，古城就會鑽牛角尖地變得手足無措。他最近睡眠不足的原因，並非只有和紗矢華長時間通電話。

於是，矢瀨同情地望著這樣的古城，心有戚戚焉地說：

「古城……沒想到你是容易被神棍或詐欺手法拐到的那種人耶。」

「詐……詐欺？」

倫注視著目瞪口呆的古城，嘻嘻笑出聲音。

古城看了她那模樣才終於明白，自己完全被算計了。

仔細一想，倫平常和自己走得很近，自己在煩惱什麼，她只要稍微觀察就能輕易發覺，根本用不著依靠占卜。說不定，連自己煩惱的癥結在於淺蔥也早就被她看穿了。

「可惡……徹底被耍了。我不會再信任你們兩個了。」

「『耍』這個字太難聽了吧。我說要陪你商量，明明是出自真心誠意。」

倫正色回嘴。古城大嘆一聲說：

「不麻煩妳了，至少我明白這是非自己處理不可的事。打從最初就是這樣。」

「哦……那就算了，沒關係。」

倫盯著古城暗暗叫苦的臉，然後露出微笑。

他們三人結夥走向教室。或許因為離上課時間還有點早，待在教室的同學大約是全班的一半。當中特別俏麗吸睛的女同學——藍羽淺蔥，察覺到古城等人而舉起手。

「早安，阿倫。還有你們也是。」

古城懶散地應了一聲「喔」，心裡對淺蔥無異於平時的模樣感到釋然。保健室那件事發生後，她對古城的態度完全沒變，這讓古城著實感謝，同時也覺得有些詭異。

不過，倫眼尖地察覺淺蔥的微妙變化，說了聲「哎呀」挑著眉問：

「怎麼了嗎？淺蔥妳也睡眠不足？」

淺蔥被倫點破，露出小朋友惡作劇穿幫時的表情。雖然她靠化妝巧妙掩飾，但仔細一看，眼窩仍微微泛黑。

「唔～～昨天有點事……欸，古城，你那張慘兮兮的臉是怎樣？」

睏倦地瞇著眼的淺蔥抬頭看了古城，顯得一臉納悶。倫來回看著他們的模樣，貌似愉快地透露：

「曉也跟我說，他昨天晚上睡得不太好耶。」

「妳……妳在竊笑什麼啦——」

淺蔥尖聲抗議。或許她察覺到倫這句發言有弦外之音，臉頰都紅了。她兇巴巴地直接瞪向古城問：

「你也一樣，不要有那種容易招人誤解的舉動啦。」

「為什麼我會被抱怨……？」

「總之我睡不好，是因為昨天那場騷動。」

淺蔥快言快語地辯解。聽了她的藉口，發出感嘆的矢瀨也搭上話題。

「是喔。那件事就發生在妳家附近？」

「對呀。消防車一直來回奔波到凌晨，吵得都不知該怎麼說了……」

「……昨天的騷動是指什麼？」

感到有些牽掛的古城問道。淺蔥家位於靠近市區中心的高級住宅區，感覺與深夜的騷動難有牽連，給人閑靜的印象。

「嗯……我也只在新聞上大略看過而已。據說西區半夜有魔族鬧事，好像是未登錄魔族互鬥。」

「有魔族鬧事？」

矢瀨像是引以為樂的說明，讓古城板起臉。

淺蔥慵懶地托腮點頭說：

「事情似乎鬧得挺誇張的，大樓倒了好幾棟，馬路也凹陷了，還有大批的特區警備隊湧來，簡直雞犬不寧。我還想是哪來的笨吸血鬼，又讓眷獸失控了……」

「不是我，我什麼都沒做喔。」

古城無意識地脫口而出，淺蔥一臉傻眼地抬頭對他說：

「這我當然知道嘛。你在說些什麼啊？」

「是……是喔。也對啦。」

古城擦去額頭上的汗，無力地應聲。這座絃神市是魔族特區，五十六萬的總人口當中，大約有百分之四是獲得正式市民權的非人魔族。獸人、精靈、半妖半魔、人工生命體以及吸血鬼——在這座城裡，魔族根本比外國人還常見。

因此就算有古城以外的魔族鬧事並摧毀市容，也不是什麼好驚訝的事。

「對了，古城……今天放學以後，你有沒有預定要做什麼？」

等矢瀨和倫各自走回座位，淺蔥隨即揪住古城的制服下襬小聲問道。受到她莫名害羞的嗓音牽動，古城的緊張度一舉攀升。

「沒有。我沒特別安排什麼。」

古城生硬地搖頭。儘管他今天恐怕也會被負責監視的雪菜尾隨，不過那應該稱不上什麼預定。

淺蔥放心似的微微呼氣。

「那麼上完課以後，陪我到美術室。就你一個人。」

「美術室？是沒關係啦，要做什麼……？」

古城表面上佯裝平靜，心裡卻十足驚慌。彩海學園的美術社因為社員不足而暫停活動，這代表放學後的美術室應該沒有人。淺蔥將古城帶到那種地方，到底有什麼打算——

「你不用問啦。對其他人要保密喔。」

淺蔥對古城這樣的苦惱渾然不覺，紅著臉低聲吩咐。古城無法直視她的臉，逃也似的離開現場。

4

於是這天的放學時間到了。

先走出教室的淺蔥正在沒有其他人的美術室等著古城。淡淡夕陽透過窗簾逆光照耀著她，吹拂過的海風令髮絲飛揚。

而淺蔥眼前有一本全白的素描簿，握在她右手的則是筆心被削得長長的素描用鉛筆。

「……肖像畫？」

古城傻愣愣地回望在制服上圍著圍裙的她問道。

淺蔥指向美術室角落的月曆。

「沒錯。就是替朋友畫肖像畫，或者算人物畫吧？繳交期限是在下週一對不對？」

「……這是上週課堂的作業？」

古城一臉懶洋洋地反問。放學後被叫到冷清的教室，這種情境讓古城先做了心理準備才赴約。比如會被對方認真告白；或者被要求繼續之前在保健室的事——

可是，淺蔥卻擺著平時那副無所謂的笑容說：

「是沒錯啦，但我沒有上到課啊。因為那天我被警察叫去偵訊。你想嘛，就是我被恐怖組織綁架那件事。」

「所以……妳要我當模特兒？」

古城沒了勁，癱坐在準備好的椅子上。

「可以吧？反正你很閒。」

「哎，我是沒關係。不過既然要畫，妳找築島或別人不是比較上相？」

「阿倫今天有學生委員會的工作，基樹那白痴要和學姊約會。」

「……這樣啊……那就沒辦法囉。」

彷彿看開的古城無力嘀咕。冷靜想想，淺蔥拜託的事情並沒有什麼不合理。純粹是古城擅自想東想西，才會將自己搞得團團轉。

「對對對。所以啦，你可不可以先脫掉？」

淺蔥滿意地看著變聽話的古城，若無其事地隨口下指示。

古城差點毫無疑問地照辦，中途才猛然回神。

「啥？脫掉是指脫什麼？」

「模特兒要脫，當然是脫衣服囉。事到如今你還有什麼好害羞的？」

「慢著慢著！當肖像畫的模特兒不用脫衣服吧？」

「為了藝術你就認命吧。還有，麻煩你擺出和那個一樣的姿勢。」

淺蔥賊笑著用手指著的，是擺在美術室角落裝飾的複製大衛像，原作者為米開朗基羅。這是文藝復興時期的代表性傑作。不過——

「徹底脫光光了嘛！」

那模樣太具藝術性，讓古城放聲吐槽。嗓子裡發出格格笑聲的淺蔥這才說：

「跟你開玩笑的啦，玩笑而已。脫掉那件汗臭味好像很重的連帽衣就好了。」

「妳一開始就該這麼說。還有提到汗臭味是多餘的。」

古城如此咕噥，仍脫掉罩在制服外的連帽衣。

淺蔥這回也停止胡鬧，坐到古城前面攤開素描簿。當然，形勢上兩人就變成互望彼此的臉，但淺蔥並不顯在意。

看她哼著歌提起鉛筆揮灑，古城忽然有股罪惡感。

淺蔥不知道古城變成吸血鬼這件事，因為古城一味瞞著她。

也許自己是在欺騙她，難道不是嗎——古城捫心自問。

想都不用想，答案是ＹＥＳ。淺蔥信賴古城，對他毫無心防。而古城現在仍一直辜負這樣的她。

古城把她當成重要的朋友。

正因如此，這種辜負的行為不能被原諒。古城彷彿事到如今才有自覺。

沒錯，古城從最初就明白，假如淺蔥真的對自己有好感，自己就得將真相全盤托出才行。必須告訴她「我就是人稱『第四真祖』的吸血鬼」這般荒謬的真相，縱使這麼做的下場是失去她的友情及好感——

古城暗自下了這樣的悲壯決心，就在這一瞬間——

「唔～～好無聊。」

淺蔥忽然甩開素描簿起身。

她那根本令人料想不到的行動，完全出乎古城意表。

「哪……哪裡無聊？」

「我提不起創作欲耶。你有夠普通的，就不能擺個有趣點的臉嗎？」

「……為什麼當模特兒的人還得取悅作畫者？留下一張擺著怪表情的肖像畫，也太討厭了吧？」

面對淺蔥的任性要求，古城提出理所當然的反駁。淺蔥徹底無視這些，緩緩將手伸向古城的臉慫恿：

「哎，別這麼說，你就試試看嘛。說不定格外有意思喔。」

「白……白痴！喂，住手啦！等等，妳從哪裡弄到膠帶的！」

淺蔥靈巧地運用膠帶等道具，徒然抵抗的古城任憑擺布。他沒有硬把人撞開，是顧忌用手碰淺蔥身體的關係。

「啊哈哈哈哈哈！唔～～不錯喔，這副表情。像這樣一看，古城你也挺帥的耶。我有預感會畫出畢卡索級的傑作。」

「我一點也沒有被誇獎的感覺！基本上，畢卡索才不會在作畫時讓模特兒擺怪表情……欸，這什麼啊！」

「……呃，替你上妝？」

「這不是油性奇異筆嗎！」

碰到臉頰上的濕滑觸感讓古城拉開嗓門。淺蔥手法熟練地在他臉上畫出垂直線條。

「滿適合你的喔。像視覺系。」

「這是哪門子的視覺系，會把妝畫得像爆笑劇裡的假老外啦……！還有，這種奇異筆之後洗得掉吧？」

「好了啦，別介意小事。」

這才不是小事吧？看似沒了勁的古城回嘴。老實說，他並不是不火大，不過看淺蔥那樣笑鬧，就覺得自己煩惱那麼久真的太蠢了。

古城頓時想到，莫非這就是淺蔥瞎鬧的用意？

「啊，對了……你等一會兒。」

淺蔥忽然留下這句話以後，獨自離開美術室。古城面帶不安地目送她。不先擦掉臉上的塗鴉，他連追著淺蔥到外頭都有困難。

後來淺蔥回到美術室，還拖了好幾個大紙箱。

古城只有不好的預感。

「久等囉～～」

「……這些是什麼？」

「戲服。話劇社的社辦在附近，我就借來了。畢竟那個社團裡有很多我們班的女生。」

淺蔥說著打開紙箱。塞在箱子裡的是時下風格的超華麗戲服。執事服和女僕裝、魔法少女及哥德蘿莉、特攝英雄調調的緊身衣。與其稱作話劇社道具，這明顯是玩角色扮演的御宅族才會有的玩意。

「……所以，妳要我用這些幹嘛？」

「當然是要你穿囉，古城。像這件就和你的妝挺合適的不是嗎？」

淺蔥氣定神閒地說著，拿出戲服亮給古城看。那是在漢堡店門口會看到的紅白條紋小丑裝。哪裡合適！如此怒罵的古城又問：

「為什麼我非得為了妳的美術作業角色扮演！」

「這是我個人的藝術性問題啊。假如你討厭讓人畫怪表情的肖像畫，至少穿件戲服也好嘛。或者你還是想脫？」

「誰要脫！根本來說，我一個人做這種裝扮不就像個傻子？」

「……你這是什麼意思？不是一個人穿，你就願意囉？」

淺蔥突然正色問道。像是要挑釁不吭聲的古城，她指著箱子裡的戲服說：

「既然如此，我也陪你換上戲服好了。這樣你就沒怨言了吧？」

「呃，我想並不會因為這樣就沒有怨言……」

「好啦好啦。我要換衣服，你轉過去那邊。」

淺蔥打斷古城提出的意見，俐落地解開制服領結，然後直接將手湊向上衣的鈕釦。古城連忙背對她。

放學後安靜的美術室裡，響起淺蔥更衣的窸窣聲。古城在腦海中做罰球的想像練習，試圖隔絕那些刺激慾念的雜音。

經過異樣漫長的幾分鐘以後，淺蔥總算表示「已經換好囉」並拍了拍他的肩膀。

「看嘛，這樣你就沒怨言了吧？」

穿上家庭餐廳制服的淺蔥在古城面前轉了一圈。強調出胸型的服裝搭配鑲滿荷葉邊的圍裙；短得不自然的裙子和及膝長襪。暴露度不高，但是看同學在學校穿著這種衣服，仍使人對這異常狀況感到困惑。

「……為什麼妳會選女服務生？」

「我是覺得你大概會喜歡這種吧。畢竟你在家庭餐廳老是死盯著店員看。」

「我才沒做那種事！」

「好好好。我都為你服務到這種程度了，你也快換衣服吧，拿去。」

「妳已經把原先的目的忘光了吧？美術作業要怎麼辦？」

古城嘀嘀咕咕抱怨之餘，瞧了紙箱裡頭。他從視線所見的範圍內拉出一套看起來最正常的執事服。他讓興致勃勃盯著他看的淺蔥轉向牆壁，無奈地換起衣服。幸好尺寸沒問題。由於那是演話劇用的戲服，某種程度似乎有設計給各種體型的人穿的通融空間。

「嗯，以你來說還滿合適的嘛。」

淺蔥看了換完衣服的古城，佩服般笑道。

「我一點也不高興。」

古城看著鏡中的自己，生厭地皺起臉。與其稱作執事服，簡單來說就是一襲黑色燕尾服。這套服裝不得不讓古城聯想到古老吸血鬼的模樣。聖域條約尚未締結前，被畏為人類之敵的魔族在大戰前便是這般形象。

這項事實令古城不禁嘗到不快的滋味，同時想著「她差不多該心滿意足了吧」並窺探淺蔥的動靜。

——啪嚓！

「妳……妳拍什麼？」

結果淺蔥拿著照相性能亂優秀的智慧型手機，在拍攝古城時與他四目相交。

「嗯？作畫用的參考資料？」

「停，快刪掉。現在馬上！」

古城喊得聲音都變調了。又不是準備文化祭，卻在放學後留在學校穿執事服，而且臉上還化了奇怪的妝。坦白說，這狀況讓他相當慘痛。

然而，淺蔥卻「啪嚓啪嚓啪嚓」地讓連拍性能全效發揮的快門聲響起。

「沒關係啦。我不會同時寄給班上所有同學。」

「在妳隨口說出這種主意時，我就已經無法信任妳了！哎，可惡！」

好比反擊似的，古城也用自己的手機拍下淺蔥的女服務生扮相回敬。淺蔥看他這樣，發出了可愛的尖叫聲。她似乎姑且還有害羞的觀念。

「等等……為什麼連你都在拍？下流。」

「這是理所當然的對抗措施。並不下流！」

「受不了你耶……！」

淺蔥將錯就錯般大聲嘆氣以後，忽然站到古城旁邊，用自己的手勾著他。她全身直接緊緊貼著古城，將他們倆的模樣一併納入鏡頭當中。

快門聲「啪嚓」響起，顯示在智慧型手機螢幕上頭的是兩人的合照──執事還有女服務生。看不出所以然的神祕情境，卻不可思議地搭調。

「怎麼樣？這下順了你的心嗎？」

「……也沒有什麼順不順心的問題就是了。」

古城瞪著看似頗為滿足的淺蔥，疲倦地反駁。

隨後，校舍裡響起長長鐘聲。離校時刻到了。

淺蔥望著依然全白的素描簿，不悅地搔頭。

「根本沒完成耶。都是你耍脾氣的關係。」

「我害的喔？是因為妳盡玩一些多餘的名堂吧！」

「糟糕了耶……我明天有點事要忙。」

淺蔥難得露出真正困擾的模樣嘀咕。古城也不免有些罪惡感。

她會留下來做美術作業，是因為被捲入恐怖攻擊事件，並不是她有過錯。況且古城本身和那起事件也不無關係。

「……不然，週末來我家畫吧？」

古城不得已只好提議。光利用放學後的短暫時間，要完成肖像畫終究不容易。而且在古城家裡動筆，應該也不用擔心被逼著穿上怪衣服。

「可以嗎？」

「嗯。我媽又說她暫時不會回家，凪沙白天練社團也不在，總之妳不用操心啦。」

「……意……意思是……只有我們兩個……？」

淺蔥用幾乎聽不見的音量嘀嘀咕咕。古城覺得自己好像犯了什麼致命性的錯誤，不過事到如今，他自然也說不出「還是算了」這種話。

「好吧，不好意思，就麻煩你囉。我週六過去。」

淺蔥滿面笑容地仰望古城。事情便這麼定下來了。

5

淺蔥表示要去歸還美術室的鑰匙，古城和她分開以後就待在走廊的洗手台前，為的是將淺蔥畫在他臉上的塗鴉洗乾淨。

「哎，可惡……終於洗掉了嗎……」

頑固的髒汙雖不好處理，古城仍然洗完臉，安心地嘆了口氣。

有條毛巾被遞到他面前。看上去是條淡藍色的乾淨毛巾。

「請用。」

「啊，不好意思。」

古城反射性接下毛巾，擦拭濕漉漉的臉。

「——咦？姬柊！」

他發覺遞毛巾的人是誰，直接僵住。

穿國中部制服揹著吉他盒的雪菜，正無聲無息地佇立在古城旁邊。至於她從什麼時候就待在那裡，古城完全不清楚。

「你拖到這麼晚是在做什麼？學長？」

雪菜語氣沉靜地問。在樑柱陰影下看不出她的表情。儘管雪菜的嗓音平靜溫和，這反而更讓古城心驚。

古城的敗筆在於滿腦子都是淺蔥的事，卻把雪菜給忘了。自稱監視者的她是受到國家認可的跟蹤狂，不可能不監控古城放學後的行動。

「呃……沒什麼，我陪同學做美術作業直到剛剛。抱歉。」

故作平靜的古城笑得生硬。既然不清楚雪菜對狀況掌握到什麼程度，隨便找藉口是會要命的。

「用不著向我賠罪就是了。」

雪菜收起古城歸還的毛巾，輕輕嘆道。

「——學長你說的作業就是讓藍羽學姊穿女服務生的衣服，然後拍照嗎？」

「妳果然都在看喔？」

「因為我負責監視。」

雪菜說得彷彿天經地義。她用的是平時那副清澈嗓音，然而古城並沒聽漏音調中隱含的些許不滿。這一個多月以來的相處，雪菜那種乍看不太好懂的情緒，他已經能掌握七八成。

「既然如此，妳總該了解吧？那是淺蔥在瞎鬧，我真的只是被抓去當肖像畫模特兒。」

「……單以瞎鬧來看，你們兩個玩得還真開心呢。」

雪菜繃著臉低喃。對她那顯得有些羨慕的態度，古城困惑地出聲：

「咦？」

「沒事，沒什麼。」

「這……這樣啊。哎，那剛好，其實我有事想和妳商量。」

看雪菜還算能諒解，古城硬是轉換話題。雪菜用警戒的臉色瞪了他。

「你要商量有關藍羽學姊的事？」

「呃……哎，也不知道該說是淺蔥或我自己的事啦。」

「嗯？」

「唔～簡單說呢……我在想，先對淺蔥說清楚我目前的真正處境是不是比較好？」

古城不得要領的說明，讓雪菜的臉色越來越嚴肅。

「你的意思……是想和藍羽學姊說清楚，自己對她抱有慾望？」

「慾……慾望？」

聽到意外的字眼，古城傻眼地回望雪菜。他察覺雪菜會錯意以後，連忙搖搖頭說：

「呃，錯了。我不是指自己想吸她的血——」

「不然學長要說什麼？」

「我的意思是先告訴她，其實我是吸血鬼啦！」

「啊——……」

應聲的雪菜像是沒了勁。

對她來說，古城從見面時就是自己負責監視的吸血鬼。事到如今，即使古城宣布打算向其他人表白身分，或許雪菜的思路一時間也轉不過來。

雪菜這種不大不小的反應，也讓古城感覺到說不出的尷尬，同時他又解釋：

「再繼續騙淺蔥，我實在有點過意不去，或者說是於心不忍吧。」

「是喔。」

雪菜帶著曖昧的臉色點頭。

「我不是不懂學長的心情，但拖到現在，為什麼會忽然想說呢？」

「這……這個，妳想嘛，要是像上次那樣，又讓她在一無所知的情況下被捲入危險就糟糕了。」

因為我被她吻了——古城無法老實地如此回答，就找了冠冕堂皇的藉口。

「原來如此……」

「即使那樣會讓她疏遠我，也是沒辦法的事。」

古城自嘲般乾笑。

吸血鬼在這座絃神島上根本不稀奇，但朋友屬於未登錄魔族還隱瞞著不說，這就另當別論了。淺蔥發飆的可能性絕對不低。

「只不過我的真面目要是露餡，也會影響到妳的立場吧？所以，我覺得先找妳商量大概比較好。」

古城一臉安分地偷瞄雪菜的反應。然而不知為何，雪菜一臉心不在焉地低著頭說：

「這樣啊……學長想將只有我知道的祕密告訴藍羽學姊……」

「咦？」

「沒事，沒什麼。」

抬起臉的雪菜端正姿勢。

「請不用為我費心。我的身分被公開，原本就不會困擾。」

「這、這樣啊。」

這麼說來，雪菜是資格受國家認定的攻魔師，隸屬的組織也是不折不扣的政府機構。雖然並不需要特地張揚，洩漏出去倒也沒有理由困擾。她之所以會隱瞞身分，說起來是考量到古城的立場。

「比起我，凪沙才是個問題呢。」

「也對。」

雪菜冷靜地點出癥結，讓古城抱頭煩惱。

古城的妹妹——曉凪沙，儘管身為魔族特區的居民，卻對魔族心懷畏懼。她患有重度的魔族恐懼症。據說凪沙曾被魔族攻擊而傷重瀕死，那是紮根於她自身體驗的心理疾患。

所以古城非得隱瞞自己的真面目。

如果讓凪沙知道這件事，古城兄妹倆不只會無法一起生活，最糟的情況難保不會對她的精神造成嚴重打擊。

要對淺蔥公開祕密，事情傳進凪沙耳裡的風險也會增加。雪菜應該也擔心這點。

「啊～～……可惡，怎麼辦才好啊……？」

古城說著洩氣話，趴在走廊的窗際。

眼底能看見夕陽照耀下的國中部中庭。從校庭及其他校舍望去會成為死角的建築物後頭，恰巧有個眼熟的女學生。發現那道身影的古城吞聲蹙眉。

「凪沙……？」

身穿國中部制服的嬌小人影；將長髮束得稍短而具特徵的髮型。雖然這不算說人人到，但站在那邊的正是目前古城談到的妹妹。

而她身旁有個穿運動服、貌似運動社團成員的男生身影。

看見那幕情景，古城的意識瞬間被憤怒和心慌抹成一片空白。

「——臭小子！」

「學長？等……等一下！你在做什麼！」

雪菜連忙阻止想從校舍四樓窗口往下跳的古城。

古城腳還跨在窗框，神情緊繃地問雪菜：

「那……那小子是誰……為什麼凪沙會跟那種男生在一起？」

「……是我們班上的男同學呢。」

雪菜冷靜地回答第一個問題。她和凪沙在國中部是同班同學，這就表示中庭那個男生也和凪沙同班。

「聽妳這麼一提，我也覺得他有點眼熟……他是不是叫高清水來著？」

古城循著模糊的記憶嘀咕。當他還待在籃球社時，放學後在操場上曾看過那張臉幾次。印象中對方是個眉清目秀的足球社社員，聽說也很受女生歡迎。

那種傢伙找凪沙有什麼事？古城慌張地如此嘀咕，結果——

「啊……有封信。」

「啥！」

雪菜無心的一句低語讓古城停止呼吸。仔細看去，高清水手上正拿著白色信封。

「為……為……為什麼同班的男生，會在那種人跡罕至的地方把信交給凪沙？」

「問我也不會有答案吧……」

雪菜困擾似的縮起身子。她似乎被古城非同小可的氣勢嚇著了。

「不過，那種信總要選個沒有別人在看的地方送出去吧。」

「妳說『那種信』，是指哪種信——！」

「不就是情書嗎？」

聽完雪菜說的話，古城瞬間全身虛脫。同班男同學送了情書給凪沙。怎麼會？不可能會有這種事——古城如此告訴自己。凪沙明明還是個小朋友，不久前還揹著雙肩書包，一直到小學五年級都相信有聖誕老人啊。

「呃，學……學長？」

面對囈語般不停嘟噥的古城，雪菜戰戰兢兢喚道。

古城露出空洞的笑容說：

「哈哈哈，哪可能嘛。像凪沙那樣，怎麼會有男的送情書給她。」

「唔，不對喔……凪沙很受歡迎的。」

看似有口難言的雪菜揭露衝擊性真相。

「妳……妳是指小貓或小狗都滿喜歡她……？」

「我說的並不是那樣，單純就是受班上男生歡迎……畢竟她既開朗又可愛，而且容易搭話，還很關心別人，朋友也多，我倒覺得凪沙的男生緣沒有理由不好。」

古城處於半恍惚狀態聽著雪菜這番話。

在中庭那裡，高清水將信交給凪沙以後，就像完成大業般意氣風發地準備離去。

「總之，她今天好像只是收了信而已呢。」

雪菜從頭到尾看著事情發展，也不忘替趴倒在走廊的古城進行實況轉播。也許是古城動搖的模樣讓人看得傻眼，雪菜的嗓音裡夾雜著惋惜之情，彷彿看待一個扶不起的阿斗。

第二章 樓頂的聖女

The Saint On The Roof

1

月齡七，上弦月之夜。

『唔……喂？曉古城？是我啦！』

過了深夜一點，手機突然有來電，將剛入睡的古城吵醒。

出聲口傳來緊張到極點的生硬嗓音。對於幾天以來已經聽得耳熟的這陣嗓音，古城意興闌珊地答話：

「……煌坂嗎？不好意思，我今天沒心情陪妳講話。掰。」

古城說完打算掛斷——

『什麼！你……你等等啦！』

電話另一頭傳來煌坂紗矢華慌張的動靜。

她在獅子王機關中被稱作「舞威媛」，是詛咒和暗殺的專家，而且之前和雪菜是室友。

約兩週前在絃神島發生的事件成為契機，讓古城認識了她。

被討厭男性的紗矢華單方面懷恨在心，曾讓古城吃足苦頭，然而當她完成任務離開絃神島以後，不知為何卻會像這樣頻繁地打電話過來。

『幹嘛擅自掛電話？給我報告是怎麼回事。你總不會又對我的雪菜做了什麼吧……！』

聽她還是一副對雪菜保護過度的老樣子，古城感到十分惋惜。只要沒這種毛病，他倒不討厭紗矢華的個性。

「這檔事和姬柊——不算沒有關係，但我沒給她添麻煩啦。大概。」

『什麼話嘛？我根本聽不懂你在說什麼。』

這也難怪——如此心想的古城稍微反省了一下。

「事情是這樣啦，我妹和姬柊讀同一個班級……」

『啊，曉凪沙嗎？』

「妳怎麼會認識？」

『我在之前那件事的資料中看過照片。她滿可愛的耶，和你不一樣。』

紗矢華陶醉地說。囉嗦——如此抱怨的古城咬牙切齒地說明：

「凪沙她……好像被同班的男生告白了……」

『——你宰掉對方啦？』

口氣突然變冷酷的紗矢華問道。她的急遽轉變讓古城感到困惑，反問一聲：

「啥？」

『所以你沒有宰了那個骯髒齷齪的小偷嗎？這種心情我很能了解，不過用你的眷獸將對方燒得一乾二淨，會不會太過火了？』

「誰說要幹掉對方啦！」

對於紗矢華太過極端的觀念，古城毛骨悚然之餘仍怒斥：

「我幹嘛非得動用眷獸去燒想追我妹的男生啊！還有我才不懂妳的心情啦！」

『為什麼嘛？當我聽說你染指我的雪菜時，那種無處發洩的憤怒與絕望，你不是也稍微體會到了嗎？』

「不不不不不，姬柊又不是妳妹，而且根本來說我並沒有染指她。」

『……你明明就吸了我的雪菜的血，明明吸了我的雪菜的血……』

紗矢華語帶怨恨地不斷嘀咕。煩死了──如此心想的古城將手機從耳朵拿開。過了一會兒，他才聽到對方咳嗽清嗓的聲音。

『哎，事情我大致聽懂了。』

「是……是喔。」

『你就是那個……所謂的戀妹控對不對？』

「呃，妳根本沒搞懂吧。不是那樣啦。」

古城不耐地反駁：

「……只是因為我們家父母離婚，沒有爸爸在，凪沙又長期在醫院生活，吃了很多苦。所以要怎麼說呢……我會覺得自己非把她保護好不可啦。」

『原……原來是這樣……什……什麼嘛，曉古城……你裝什麼酷啊。』

古城平時並沒有考量得那麼深，這些說詞有一半以上都是剛剛才想到的藉口，不過紗矢華似乎全當真了。顫抖著如此細語的她變得沉默。

而古城感到有些內疚，決定換個話題。

「不提這些了，妳今天晚上打來有什麼事？」

『我才沒有什麼事想找你！』

紗矢華刻不容緩地回嘴。搞什麼名堂啊——古城這麼心想，傻眼地強調：

「那就別打電話給我。」

『這……這週末我又要去絃神市了，求我的話，跟你見個面也是可以的喔。我只是想跟你說這個而已。』

「……瓦特拉那傢伙又捅了什麼婁子嗎？」

忽然冒出不祥預感的古城問道。迪米特列．瓦特拉是歐洲「戰王領域」的貴族，和第一真祖「遺忘戰王」血脈相連的純血吸血鬼。

身為好戰主義者的他堪稱戰鬥狂，兩週前那起事件中，恐怖分子會被招來絃神島，這個存心惹事的男人也是一項要因。

不過紗矢華卻發愁似的說：

『是別的事啦。阿爾迪基亞的公……重要人士來訪，我負責當護衛和嚮導——原本是這樣的……可是卻出了點狀況。』

「阿爾迪基亞？那麼遠的國家派人來紘神市要做什麼？」

古城納悶地反問。

阿爾迪基亞是北歐小國，面朝波羅的海，以自然美景和高度工業力著稱，在魔導產業方面特別有名。但由於地理位置遙遠，和日本的關係不甚密切。

『詳細情形我也不清……內……內容我不能外洩就是了。因為這算外交機密。』

「對喔。那倒也是……」

紗矢華這番話有種說不上來的拐彎抹角，而古城照樣聽進心裡。

「不過為外國重要人士領路的工作居然會交派給妳，其實妳挺了不起的耶。年紀明明就和我們差不了多少。」

『咦？謝……謝謝喔……』

紗矢華似乎沒料到古城會稱讚她，自然而然地嬌聲回話。接著她連忙改回強悍口吻說：

『沒……沒什麼啊，那是當然的嘛。我和你這種半吊子的真祖又不一樣。身為雪菜的姊姊，總要有些風範啊。』

妳並不是雪菜的大姊吧？古城在心裡如此吐槽。

「可是要保護那種大人物，妳根本撥不出空和我還有姬柊見面嘛，畢竟那應該很忙。真是辛苦耶。和我們的地位實在不一樣。」

『咦？唔……』

聽了古城由衷佩服的話，紗矢華軟軟地發出咕噥。她想說些什麼反駁，卻只能悶哼幾聲，結果——

『對啦！就是你說的那樣！去死一死啦，白痴！』

紗矢華突然攤牌似的大罵，然後切斷電話。

妳到底打來幹嘛啊……？古城一臉困惑地望著不再作聲的手機，隨後決定放棄追究，再度進入夢鄉。

2

隔天放學後，古城一上完課就立刻動身到國中部。那當然是為了監視凪沙。

紘神島屬於人工島嶼，有慢性的土地不足問題，而彩海學園的校地也絕非寬闊有餘。體育館和游泳池等多項設施都是國高中部共用，因此古城抵達國中部校舍並沒有受到什麼質疑的眼光。

他已經確認過，凪沙今天午休時是到社辦開會。由此可知，高清水假如有意再和她接觸，大有可能會選擇放學後的這段時間。

問題倒是在於，怎麼樣監視才能不被凪沙本人察覺——

「……你在這種地方做什麼？學長？」

避人眼目潛入校舍的古城忽然被叫住，當場僵住。

他笨拙地朝聲音傳來的方向轉頭，頓時與面無表情站著的雪菜四目相交。

「姬柊……真……真巧耶。我只是剛好路過而已啦。」

「剛好路過……國中部校舍嗎？」

雪菜傻眼般嘆氣。也許是在校舍裡的關係，她的背後沒有平時那個吉他盒。

「要找凪沙的話，她去頂樓了喔。」

「……頂樓？糟糕，原來是跑去那邊嗎……！」

咂嘴的古城仰望頭頂。因為昨天是在校舍後頭看到人，他以為凪沙今天也會在這附近出現才對。

古城已經連自己混進來的目的都不掩飾，雪菜冷冷地回望他一眼。

「想不到學長還滿戀妹……滿容易操心的呢。我有點不敢領教。」

也許她總得留些情面，才將差點脫口而出的戀妹控做了修正。

「先講清楚，妳同樣讓人擔心喔——」

像煌坂就在擔心妳——古城想起昨晚那通電話，如此說道。不過在他補上後半句以前，雪菜先紅了臉。

「何……何必擔心我……我是在這裡執行任務，學長根本不用顧慮……」

不知為何，她低著頭小聲嘀咕起來。那令人不解的反應讓古城有些疑惑。

「——她才剛離開教室，我想還來得及。我們快點走吧。」

結果雪菜還積極提出建議，走在古城前頭。態度突然轉為合作的她，讓古城越來越困惑地出聲問道：

「姬柊……？」

「我……我也一起去。這是要監視學長。」

「這……這樣啊。」

也罷。古城如此一想，就跟到她後頭了。

古城對顏色漆得和高中部不同的樓梯感到懷念，並衝上頂樓。

頂樓的門沒鎖。確認過門板前面沒有人影，雪菜悄悄推開門。就在這時候，他們聽見一陣說起話來格外輕細溫柔的男生嗓音。

「——好了啦，乖乖聽話。來……不要亂動。」

那種笑吟吟的口氣讓古城臉色慘綠。光從聽到的片段內容判斷，只覺得他是硬要哄對方就範。

「他……他是在做什麼啊……？」

看似不安的雪菜低語。表情依然停留在冰點的古城問：

「這聲音，是那個叫高清水的傢伙？」

「……是的。大概沒錯。」

雪菜咬著唇點頭。他們聽不見和高清水在一起的人說了什麼，只有尖叫般的細細聲音不時混在對話中。

古城屏住氣息，將耳朵湊向門板縫隙。

「——哎唷，不行啦。不要抱得那麼用力。」

「啊，抱歉……因為我對這種事不熟練。」

「呀！會癢啦……！」

「聲音太大的話，會被別人發現喔。」

「我知道嘛……可是被這樣子舔……呀，好痛……！」

結果這次清楚聽見的是古城熟悉的少女嗓音。正在和高清水開心聊天的人，毋庸置疑就是凪沙。

如此篤定的瞬間，古城不經思考就先把門踹開。

「學……學長？」

「你這臭小子——！」

古城拖著想制止他的雪菜，一路衝到頂樓外破口大罵。

只見凪沙和高清水嚇得瞠目轉身。

「你們兩個給我分開！你這傢伙，應該知道自己動的是誰吧！」

「咦……？那……那個……」

「——學長，不可以！冷靜下來！」

古城氣炸的模樣使得高清水畏懼地後退。古城甩開拉住自己的雪菜，揮拳朝高清水招呼過去。

而這時闖進古城眼簾的，是一隻棕褐毛色的小動物。

原本被高清水抱在臂彎裡的小貓，正用圓滾滾的眼睛痴痴望著古城。彷彿被那雙眼睛望穿，古城這才停下動作。

小貓「咪」的微微叫了一聲。

「奇……奇怪？」

被在場所有人注目，古城緩緩環顧四周。

他完全搞不懂狀況。

高清水抱著小貓杵在原地；凪沙正讓那隻小貓吸吮自己的指頭；雪菜在古城背後摀著眼睛；小貓又「咪」的叫了一聲。

然後，還有另一個人——

凪沙旁邊站著一個陌生的女同學。

剎那間，古城的目光被她那副模樣吸引。

因為她臉上帶著溫和微笑，和這一團糟的狀況太不搭調，感覺簡直像誤闖人世的異物。

令人聯想起雪地的銀髮，以及宛如冰河光彩的淡藍眼眸。

或許是頭髮與眼睛顏色所致，清麗少女讓人感覺到一股難以言喻的高貴氣質。

她的身高和嬌小的凪沙與雪菜相差無幾。即使如此，看起來依然比較高，理由應該是出在那不同於日本人的出色身材。

她在短袖制服底下穿著高領的長袖上衣。這種打扮在四季常夏的紘神島頗為罕見，卻與她水靈脫俗的容貌十分搭配。

「呃……她是誰……？」

古城忍不住發問。小貓再次發出「咪」的叫聲。

銀髮少女依舊無言，略顯困擾地朝古城偏過頭。隨後——

「——古城哥！」

像山貓威嚇般怒髮衝冠的凪沙衝向古城。

「凪……凪沙，妳為什麼……會在這種地方逗貓……？」

「我才要問呢，古城哥，你在國中部校舍做什麼？突然就莫名其妙大吼！這樣對高清水很沒禮貌，連貓咪都嚇到了不是嗎？你還給雪菜添了麻煩耶！」

被妹妹快嘴快舌地喋喋逼問，古城冷汗直流。

「呃……可是，妳對告白的答覆呢……？」

「告白？你在說什麼……？我是因為高清水願意認養這隻貓咪才過來看啊。」

凪沙這麼解釋，然後指向高清水抱著的小貓。小貓附和般「咪」了一聲。古城至今仍無法從混亂中理出頭緒，又問道：

「……既然如此，昨天那封信到底是……？」

「什麼信？啊……你說的該不會是這個？」

結果，凪沙從制服口袋裡拿出來的，只是一張毫無花樣的影印紙。上面寫的內容與表達愛意差了十萬八千里，只單純列著地址與人名。

「通……通訊錄？」

「——那是運動社團的社員名單。除了我以外，曉同學……也就是學長的妹妹說她還要找其他願意收養貓的人，所以我想那應該可以當成參考。」

高清水已經從最初的驚嚇中恢復過來，開始用運動家的禮貌態度為古城說明。而面對這樣的他，凪沙難為情地低下頭說：

「謝謝你，高清水。對不起喔，都是我們家哥哥亂誤會。」

「妳不用放在心上啦。好了，我先告辭囉。」

高清水露出清爽笑容，帶著裝在紙箱裡的小貓回到校舍。

古城目送他說：

「原來那傢伙其實是個好人耶。」

坦然表示認同的他，話說得像是事不關己。於是——

「學長……」「古城哥……」

雪菜和凪沙抬頭望著古城，兩人同時嘆了氣。

光是這樣大概還無法讓凪沙平息怒火，她進一步逼問古城：

「我真不敢相信，實在太沒道理了嘛。要怎麼想才會從收養流浪貓聯想到告白啊！還有，萬一真的要告白，古城哥幹嘛過來偷看？」

「……對不起。有我陪在學長旁邊，還讓事情變成這樣。」

「雪菜妳不用道歉喔。無論怎麼想，原因都出在古城哥的誤解嘛。」

凪沙開口袒護垂頭喪氣的雪菜，並氣呼呼地瞪向古城。雖然實際上就是這麼回事——古城在心裡如此承認，嘴巴上仍不服氣地說：

「擅自偷看確實是我不好，可是找人認養貓咪這件事，妳一句話都沒跟我說過吧！」

「沒必要吧？古城哥跟雪菜和我住在同一棟公寓，不能養寵物是一開始就知道的嘛。」

「唔。」

被凪沙思路清晰地糾正，古城什麼話也回不了。

「……提到這個，那隻貓是怎麼來的？妳撿到的嗎？」

「不是我啦。是夏音在保護和照顧。」

「妳說的夏音是……？」

古城納悶地問起這個沒聽過的名字。接著，之前都保持沉默的銀髮少女便悄悄走到古城面前。

「啊，學長，凪沙說的是我。我叫做叶瀨夏音。」

她語氣柔和地說完，輕輕露出笑容。莊嚴慈愛的表情讓人聯想到慈母一詞。

「全都是我害的。真是對不起。」

銀色髮絲搖曳，少女深深低下頭。

古城對她行雲流水般的動作看得入迷，吭不出聲。

不知為何，凪沙和雪菜都貌似不悅地望著他這樣的表情。

3

「學長是凪沙的哥哥啊。給您添麻煩了。」

叶瀨夏音捧起擺在腳邊的提包這麼說道。

包包裡有貓咪喝的牛奶罐、貓食及玩具等。照顧一隻小貓咪，這樣的行李幾乎有些大費周章。

「呃，我想叶瀨妳沒有任何該道歉的地方就是了……」

古城心有愧疚地這麼說完，夏音便微笑著搖頭。

「我和凪沙到去年為止是讀同一個班級，總是受到她的幫忙。畢竟我個性怕生，男生也會躲著我，今天如果凪沙不在，我想就沒辦法讓高清水答應收養那隻貓咪了。」

夏音看似如此篤信的一番話，讓古城有些意外。

儘管氣質感覺不容易親近，夏音仍是個在藝人當中也難得一見的美少女。要說到含蓄的個性也好，沉穩的身段也好，古城不覺得男生有理由要躲她。

然而，凪沙一副「妳在說什麼啊」的態度，傻眼般苦笑著說：

「根本沒有那種事。大家只是太喜歡夏音，不敢找她講話而已。因為她甚至還被叫做『國中部的聖女』。」

「是嗎……？」

夏音眨著眼，似乎不太明白凪沙這番話是什麼意思。

古城認為聖女這個詞形容得相當貼切。實際上，夏音的氣質要比前些時候的洛坦陵奇亞職教師更來得像聖職者，即使說她的正職是修女也能讓人認同。

「姬柊，妳也認識叶瀨嗎？」

古城試著偷偷問雪菜。雪菜則在他耳邊壓低音量說：

「我不認識，但我常聽見傳聞。畢竟她相當漂亮顯眼，也受到女同學仰慕。叶瀨班上的男生要是主動找她講話，聽說會被罰錢喔。」

「這樣啊。雖然我不太懂，感覺挺厲害的嘛。」

「對呀。不過我可以明白男生很難隨便向她搭話的心情，她太漂亮了。」

「妳哪有立場說啊，妳喔……！」

彷彿忍不住插嘴的是凪沙。

「話先說在前頭，剛才那些全都可以套用在雪菜身上。我們班上的男生依照和雪菜接觸的距離，分別定了三秒、五秒、八秒、二十四秒的標準，和她講話要是超出規定時間就要重罰。還有『詛咒曉古城同道會』也積極活動中，你最好小心喔，古城哥！」

「我為什麼非得被你們班的男生詛咒……？」

古城有些頭痛地嘀咕。凪沙鬧脾氣似的哼了一聲，別過臉又說：

「總之，我會再跟高清水好好道歉一次。古城哥你要代替我幫忙夏音喔。」

「嗯，好啦。幫這點小忙倒不要緊。」

古城朝夏音拿的包包瞥了一眼，然後點頭回答。她的纖瘦手臂和那種大行李確實不搭調，要幫忙提那玩意，古城並不會吝於效力。

「真是不好意思。麻煩你了，大哥……」

古城剛接過包包，看似害羞的夏音便微笑著這麼答謝。

既然已經解開和高清水的誤會，就沒有理由在國中部校舍繼續逗留。古城和準備好回家的雪菜再次會合，決定離開學校。不過，當和凪沙半路分開以後，古城發覺自己異常受人注目，心情相當不安寧。

夏音確實容貌醒目，但是以麗質程度來說，雪菜也不遜色。帶著這樣的兩個學妹走在路上，沒道理不引人注意。況且——

「……我感到異樣的氣息，請你們兩個不要離開我身邊。」

眾人對古城欲殺之而後快的想法讓雪菜起了反應。她如此說著，身體還貼近古城。正因如此，反而造成惡性循環，讓恨意更集中在古城身上。

古城感覺自己彷彿成了被押送的罪犯，只好默默用連帽衣的帽子遮住臉。等到總算平安走出國中部校舍時，他的背後已經被冷汗浸濕一整片。

「對不起，大哥……都是我害的。」

夏音用指頭撥弄自己的頭髮，滿臉歉意說道。看來她似乎認為自己之所以比別人醒目，原因只出在她的頭髮。

「那是妳原本的髮色吧？」

古城無心一問，讓夏音略顯落寞地點頭。

「我的親生父親是外國人，而我在日本長大，對他幾乎沒有印象就是了。」

「這樣啊。」

古城體會到其中好像有什麼複雜的因素，無法再多問。

夏音去的地方並非車站，而是學校後頭的山丘上。被綠樹環繞的小公園裡頭，可以看到有一棟變成廢墟的灰色建築。

「這裡……是教會嗎？」

古城抬頭望著建築物屋頂上的浮雕開口問道。

由雙蛇相繞的「傳令使之杖」——在西歐教會不太會看到的標誌。

「我小時候在這間修道院受過照顧。」

夏音望著年久失修的中庭，貌似有些懷念。有埋沒於雜草叢的花圃，以及生鏽的三輪車留在那裡。

「叶瀨，妳該不會真的是修女吧？」

「不，不是的。雖然……我以前很憧憬修女這個職業。」

對於古城的疑問，夏音靜靜搖頭。在古城接著問下去之前，她已經將手湊向建築物的門了。鉸鏈嘎嘰作響，破損的木製門板被推開。

「哇……！」

雪菜往破舊的建築物裡探頭望去，欣喜地嬌呼一聲。

興奮回頭的她雙眼發亮，眸子裡難得顯露出與年紀相符的純真情緒。

「……姫柊？」

「貓！是貓耶！有貓喔，學長！」

「嗯，對啊。看就知道了……」

雪菜的情緒高亢得像是變了個人，讓古城稍稍被嚇著。淪為廢墟的無人修道院，這座陰暗建築中浮現好幾對發亮的金色眼睛。

十幾隻還很幼小的小貓咪宛如久候母鳥回來的雛鳥般，朝古城等人蜂擁過來。儘管這一幕與其形容為可愛，更讓人覺得恐怖——

「呼哇……好可愛喔……乖乖，乖乖唷……」

雪菜抱起貓咪們，笑得滿臉幸福。這麼說來，對喔——如此回神的古城想起她有收集貓咪角色周邊商品的習慣。跑去高清水所在的國中部頂樓時，雪菜曾故作平靜，不過她的內心也許從那時就一直想疼愛貓咪而蠢蠢欲動。

「呃，這些貓，全都是妳在養嗎？」

古城低頭看著圍在腳邊的成群小貓，對夏音問道。

有這麼多的貓在此生活，修道院裡倒沒有瀰漫著難聞的氣味。肯定有人頻繁來這裡，為貓咪們照料打掃才對。

夏音熟練地準備貓食並點點頭。

「牠們……都是被拋棄的貓咪。原本我只是想在找到想領養的人以前，將牠們寄放在這裡照顧。」

「妳說要找人領養……數量這麼多實在很勉強吧……？」

有些愕然的古城如此問道。夏音也貌似遺憾地垂下目光回答：

「是的。靠我一個人很勉強，所以我請凪沙還有其他人幫忙。」

「……凪沙要我幫忙的原來是這回事啊。」

古城終於明白妹妹的用意，無奈地聳了聳肩。

而夏音抬頭望著他，客氣地問：

「真是抱歉。有沒有對你造成困擾？」

不會——這麼否認的古城笑著搖頭。

「才發生過剛剛那件事，我被拜託也拒絕不了嘛。再說姬柊都這個樣子了。」

「太好了。其實我有點煩惱呢。能照顧這些貓咪多久，我自己不太有信心。」

夏音瞇著淡藍色眼睛，滿懷疼愛地望向小貓們低語。

她那張氣質有如聖女的臉龐，讓古城在凝望時覺得有些耀眼。

「我想，叶瀨妳肯定會成為一個好修女。」

面對老實將感想說出口的古城，夏音驚訝地抬頭仰望。

她的臉有短短一瞬蒙上悲傷的陰影。

「非常謝謝你。光是能聽到這句話……我就心滿意足了。」

夏音柔柔微笑著這麼說道。

4

持續下降的電梯在不久後無聲停住。

樓層顯示為地下十六樓。這裡是絃神島人工島塊的中樞，位於基石之門內的人工島管理公社保安部。

等電梯門開啟以後，她走向陰暗通路。

她是個嬌小的女性，穿著鑲滿荷葉邊的哥德蘿莉服。

與其稱為美女，還不如形容成美少女或女童的娃娃臉。而她卻毫不遲疑地走向通道深處，腳步間充滿不可思議的威嚴。

「——嘿，那月美眉，這邊這邊！」

有人用分外親暱的口氣叫了她的名字。身兼彩海學園英文老師及國家攻魔官的「空隙魔女」南宮那月，看似不悅地發出咂嘴聲。

「曉古城也好，你也好……我一直都強調，別用『美眉』稱呼班導師吧？」

她說著瞪去的方向，有個將短髮抓成刺蝟頭的少年身影。少年穿的服裝是人工島管理公社調查部的制服黑西裝。脖子上仍掛著耳機的他自信地竊笑。

「還以為公社直接召我過來有什麼事……結果是你嗎？矢瀨？」

「不好意思囉，理事會同樣人才不足嘛。」

矢瀨基樹毫無愧色地如此開口，並將那月領進房間。

房間類似醫院手術室。被昂貴醫療機器包圍的病床上，有個看來才十幾歲的少女沉睡著。她似乎受了重傷，全身綑滿繃帶。

而且不知道為什麼，遍體鱗傷的她四肢卻被人用厚重紮實的金屬器材牢牢固定。

那月不帶感慨地望著這幕情景，鼻子哼了一聲。

「——這傢伙就是第五個？昨晚好像鬧得很轟動。」

「對呀。半毀的大樓兩棟、火勢延燒七棟。停電、斷水，還有玻璃毀壞的損失正在統計中……這次據說還算好的，畢竟是發生在附近民宅不多的商業地段。」

矢瀨面帶諷刺地說明。

前天深夜，絃神島西區——西嶼曾發生一起事件。

具備高戰鬥力的兩名未登錄魔族在市區上空長時間交戰。四周建築物受戰鬥殃及，造成了大規模的損害。

這個少女，就是身負重傷而被逮住的兩名未登錄魔族之一。

「……聽說還有個和這傢伙纏鬥的對手不是？」

「另一個的底細到現在尚未查明。至於下落，也依舊追蹤不了。」

聽完矢瀨嘔氣般的回答，那月看似愉快地挑眉。

「連你也追不上？」

「啊～～沒輒沒輒啦。對方我應付不來。」

矢瀨說著用力搔起頭。

矢瀨基樹屬於過度適應體質——他並非魔族，而是生為人類的異能者。靠著以念動力增幅的聽覺，就能像精密雷達般監控半徑數公里的廣大範圍，這是他所具備的特殊能力。

然而，這項能力也有缺點。矢瀨布下的細密音聲結界對於爆發性的巨大聲響相當脆弱，並不適合用於監控大規模戰鬥。

而另一項缺點，就是對超越音速到處飛竄的目標毫無用武之地。

這次的監視目標在戰鬥結束之後，正是以矢瀨的能力也無法捕捉的超高速脫離戰場。那當然不是尋常魔族能有樣學樣的伎倆。

「躺在那裡的丫頭，是被報導成未登錄魔族啊。」

「至少在絃神市的魔族登錄資料庫中，據說查不到相符的個體。哎，那個女生根本就不屬於魔族，要說是當然的結果倒也沒錯。」

「……不屬於魔族？所以是你的同類嗎？」

那月難得表露出訝異。能以肉身摧毀數棟大樓，有這種能耐的在魔族中也只有極少數，何況普通人類感覺更不可能辦到這種伎倆。

「呃，關於那個，她身上只有些許魔法性質的肉體改造痕跡，幾乎可以當普通人看待無妨。這是公社提出的見解。」

「意思是普通人會在魔族特區的上空到處飛，還將大樓掄倒？這好笑了。」

「哎，可以肯定的是對方來頭大有問題。這倒不好笑就是了。」

「躺在那裡的丫頭傷勢多重？」

那月將視線挪回受傷的少女問道。

「總之，聽說生命沒有大礙，因為缺損的內臟還可以從體細胞複製再生。」

「……缺損的內臟？」

「在橫隔膜和腎臟一帶……就是所謂的腹腔神經叢（Manipura Chakra）那一帶囉。」

「被吃掉的嗎……？」

那月自言自語般撇下一句。

隨後，一陣純真無邪的嗓音從她背後傳來。那是動聽而帶有挖苦味道的男性嗓音。

「——哦，原來如此。所以被奪走的並非內臟本身，而是她的靈能中樞……不對，是靈體本身嗎……實在耐人尋味。」

「是你啊，迪米特列·瓦特拉……」

那月瞪向從通路露臉的嗓音主人，露骨地皺起臉。

「為什麼屬於局外者的吸血鬼會在這裡？」

「好薄情啊。我明明是受了你們國家的機關組織拜託，才專程來探望。」

被叫成局外者的戰王領域貴族，愉快地望著心生排斥的那月笑了。

他是個金髮碧眼的俊美男子，外表年齡約莫二十過半。

然而他是貴族，具備破格力量的「舊世代」吸血鬼。身為第一真祖的血族，男子在歐洲「戰王領域」擁有自己的領土及強大軍事力。而且他目前理應是以特命全權大使的身分滯留於絃神市。

「那還真是勞煩你呢，蛇夫。你從什麼時候開始被獅子王機關的母狐狸馴養了？」

那月用挑釁口吻說道。兩人間惡劣的氣氛讓矢瀨頭痛。

「我先表明無可奉告好了，畢竟是外交機密嘛。」

「戰王領域的貴族稱這是外交機密？這起事件和你們的真祖有關聯？這可有意思。」

「那倒難說。或許和『那一位』也不無關係喔。」

「什麼……？」

瓦特拉打趣般的口氣使那月一時間吭不出聲。矢瀨一臉納悶地看著那月誇張的反應，因為並沒有人告訴他，瓦特拉的發言所代表的含意。

那月瞪視瓦特拉，人偶般美麗的容貌隱隱透露出殺氣。

「蛇夫……你知道些什麼？」

「妳有沒有聽過『蘭瓦德』這個名號？空隙魔女？」

「……是北歐阿爾迪基亞的裝甲飛行船吧。聖環騎士團的旗艦。」

「雖然官方還沒有發表，不過那艘船似乎從昨晚就斷了消息喔。座標資訊中斷的地點，據說在絃神島西方一百六十公里處。」

瓦特拉這份乍聽之下並無關聯的情報，令那月神情變得嚴肅。

「你想說，阿爾迪基亞皇室在這起事件中插了一手？」

「沒任何證據就是了。妳不覺得時間點未免太巧了嗎？哎，不管怎樣，我暫時會袖手旁觀，就現在來說並不打算干涉，放心吧。」

「你這戰鬥狂，這次是怎麼回事？」

那月用完全不信任的目光瞪著瓦特拉。

不老不死。因此對在漫長人生裡感到乏味的「舊世代」吸血鬼而言，與強大敵人交手是最棒的消遣，同時也是生存的意義。能以超高速飛在空中，甚至破壞大樓的不明怪物，照理說該是瓦特拉求之不得的玩伴才對。

但是戰王領域的貴族卻揚起唇角，優雅地笑了。

「那些女孩並不是你們的敵人。就這樣置之不理，說不定能看到格外有趣的好戲。」

「……要我相信……你這傢伙說的話？」

「算是給個忠告啦。信不信由妳。」

瓦特拉用不感興趣的口氣回答，接著像是忽然想起似的說：

「我並沒有要用情資索取回報，但有件事得拜託妳。」

「聽聽是可以。什麼事？」

那月淡然反問。瓦特拉的碧眼有短短一瞬被貨真價實的殺氣染成通紅。他的用意大概在於警告那月。噴發出來的濃密魔力波動，使基石之門整棟牢靠的建築都吱嘎作響。

「別把第四真祖扯進這起事件。」

「……別把曉古城扯進來？為什麼？」

那月看似意外地蹙眉。瓦特拉則百般生厭地對她聳肩。

「因為古城贏不了『她』。現在還不能讓我深愛的第四真祖送命，不然可就頭大了。」

5

隔天，週五放學後。

兩隻討喜的黑白斑點小貓正躺在紙箱裡打鼾。探頭望著牠們的是個長相清秀的男學生——古城的同班同學內田遼。

「不好意思。內田，你幫了大忙。」

「沒關係啦。我的家人都喜歡動物。」

內田說著開朗地笑了，古城則把裝著小貓的紙箱交給他。那是叶瀨夏音寄養在修道院舊址的其中兩隻棄貓。古城從昨天晚上就到處聯絡熟人，總算才找到願意收養的人家。

內田正和小貓嬉戲。陶醉地凝望著他的則是棚原夕步。強悍又有話直說的她頗受班上男生畏懼，現在卻換了個人似的散發出可愛氣息。她對內田相當著迷。

「不過，感覺挺意外的。曉，沒想到你會跟國中部的聖女有交情。」

這樣的夕步忽然向古城攀談。

「妳認識叶瀨？」

「那個女生在高中部男生之間也很受歡迎喔。記得她好像是混血兒吧。那副外表太犯規了嘛。」

「哎，我也這麼覺得。」

古城坦然點頭。而話題中的夏音因為顧及古城他們是學長姊，正在稍遠處等候。她注意到和自己四目相交的夕步，便搖曳著銀髮優雅地行禮問候。

「不過……我有點怕那個女生耶。」

「怕？」

不像強悍的夕步會說的話讓古城感到驚訝。夕步有些難為情地立刻解釋：

「啊，我並不是討厭她喔。只不過，那個女生小時候住的修道院就在這間學校附近。我以前也參加過幾次活動啦。」

「嗯。」

古城想起修道院變成廢墟的模樣，點了點頭。被她這麼一說，古城發現自己還沒聽過那間修道院關閉的理由。

「……那裡發生過事故，死了好多人……那個女生是唯一的生還者。」

表情黯淡的夕步低聲說道。對於她這番話的內容，古城無法立刻理解。

「詳細情形沒人告訴我，不過好像是滿悲慘的事故。而且，我也有朋友因此喪生了……看到她就會讓我想起那件事，所以到現在我還有點怕她。雖然我知道那並不是她的責任。」

看見古城臉色蒼白，夕步硬是擠出微笑。

「曉，那不是你需要放在心上的事，把我剛才那些話忘掉吧。重要的是，像之前那個轉學過來的學妹也好，聖女也好，你不要太欺負藍羽喔。」

「……這和淺蔥沒關係吧。我只是受叶瀨拜託，想幫她找人認養貓而已。」

「是是是。」

夕步態度敷衍地對古城的藉口充耳不聞。儘管心裡沒來由地留著一絲尷尬，古城再次向內田道謝，然後就和他們分開了。

「這樣子，所有貓都算找到人認養了吧？」

古城和等在校庭樹蔭下的夏音會合後問道。夏音開心地點點頭說：

「對呀。剛才那兩隻貓咪是最後送出去的。大哥，真的非常謝謝你。」

「呃……我找到的貓主人也只有剛才那兩個……」

古城苦笑著說道。要替十幾隻貓找主人認養，當然不可能只用一兩天的工夫就辦到。是夏音和凪沙費心花了好幾天探訪，才終於換來成果。

「不過，還好總算是了卻一項任務了。」

「就是啊。剩下的只有剛才撿回來的這隻小貓，我一個人也照顧得來。」

「……等等，妳又撿了貓喔？」

發現夏音捧著的毛毯裡有一隻小貓正在熟睡，古城不由得目瞪口呆。

只照顧一隻流浪貓就很辛苦，夏音卻這樣一隻又一隻地照料，負擔應該相當重，可以感覺到背後有種單純用「喜歡動物」也解釋不了的強烈意念。為什麼妳會這麼關心牠們？當古城不禁想這麼問時——

「——哦，這隻小貓看起來很好吃。」

有個打著陽傘的嬌小女性從旁探出臉。

「那月美眉？」

「別用『美眉』稱呼班導師。」

側腹被人用手肘猛力一頂，古城發出呻吟。南宮那月漠然望著這樣的他說：

「你知不知道？曉古城？學校禁止帶動物進來，所以那隻小貓我要沒收。再說今晚恰好預定吃火鍋。」

那月淡然說出這番話，讓夏音「咿」地倒吸一口氣。那月望著她，舔舔嘴唇笑了出來。

夏音抱著用毛毯裹住的小貓，貌似恐懼地後退。

「——對不起，大哥。我要先逃了。」

「唔……好。」

目送銀髮飄飄的夏音逃跑以後，古城鬆了口氣。

那月彷彿內心受了傷嘛著嘴說：

「哼，開不起玩笑的傢伙。也不用當真逃跑吧。」

「由妳來說，聽起來就不像玩笑話了。」

看似疲倦的古城嘆氣。那月不服地瞪了他。

「話說剛才那丫頭是誰？」

「沒有人會叫自己學校的學生『丫頭』吧？她是國中部三年級的學生啦。叶瀨夏音。」

「真有膽把頭髮染成那樣。叛逆期嗎？」

「不對不對，錯了吧。我聽叶瀨提過，她爸爸是外國人，髮色不就是這樣來的嗎？至於她爸爸的國籍和其他細節，她本人好像也不清楚。」

「這樣啊。」

那月隨口應聲，稍稍露出思索的表情，不過馬上又抬起臉望向古城。

「算了。曉古城，你今晚來陪我。」

「……咦！妳這麼說，到底是什麼意思……？」

「慌什麼？我是叫你來支援我的副業。」

「……不會是指攻魔官吧？」

古城一臉厭煩地反問，那月則用冷冷的視線看他。

「兩三天前，西區的市街發生過戰鬥，這你知道吧？」

「……嗯。我聽班上同學提過，據說是未登錄魔族惹的禍……」

古城含糊地點頭承認。他想起淺蔥因為半夜鬧哄哄的沒睡飽而發過牢騷。

「惹事的並不是未登錄魔族。這項情報可不能太張揚。」

「不是魔族……？要不然是什麼人？」

「不知道。兩名嫌犯之一已經落網，但還查不出那傢伙的真面目。」

那月口氣粗魯地說。古城冒出相當負面的預感。

「妳說『之一』，表示另一個還在逃？」

「嗯。而且發生在市街的戰鬥，昨天晚上那並不是第一起。規模雖小但是同樣的案子，兩週內就已經查到五件。」

「五件……？」

真的假的——這麼心想的古城嚇得下巴都快掉了。假如那月所言屬實，神祕的市街戰鬥事件，等於是以三天一次的高頻率發生。是足球的循環賽嗎！古城皺著臉說：

「那麼，意思是今晚差不多又要發生類似事件囉……？」

「腦筋動得很快嘛，曉古城。」

那月優雅地將鑲滿荷葉邊的陽傘一偏，滿足地露出微笑。

「——因此，我要你來當助手，幫忙將犯人逮捕到案。就算是我，要獨力抓住複數犯人也很費事。」

「不不不不不……！」

古城拚命搖頭。

那月是少數知道古城真正身分的大人之一。屬於未登錄魔族的他能當個普通高中生，也是靠身為攻魔官的那月在背後斡旋。

只不過，那月偶爾就會像這樣要求古城支援她的副業當作代價。每次幫忙，都讓古城落得差點要命的下場。

「事情我懂了，可是為什麼要找我當助手？沒有其他人選嗎？」

「亞絲塔露蒂還在調整中，因為她被賈德修射中的槍傷才剛痊癒……不過，假如你拒絕幫忙，可就只能找她支援囉？」

那月提起由她負責保護觀察的人工生命體少女的名字。對於那月在談判時簡直把傷患當人質的卑鄙手段，古城不得不感到顫慄。

「況且迪米特列．瓦特拉也給了我忠告。他是說，別把你扯進這次的事件。」

「什麼意思！妳完全不理那傢伙的忠告喔？」

「能讓那男的頭痛，這種事我怎麼可能不做。」

那月抬頭挺胸說出不光彩的話。

「今晚九點到泰迪絲商場站和我會合，可不要遲到了。只要你晚來一秒，我就把你和藍羽在美術室當場換衣服的照片，傳到全班同學的手機。」

「──妳手上為什麼會有那種照片！」

聽了那月離譜的宣言，古城忍不住慘叫。

「因為我是班導師。」

那月得意地呵呵微笑。她有哪些話是開玩笑、哪些話是認真的，古城完全分不清。感覺這個女人果真深不見底。

「……饒了我吧。」

古城目送那月悠然離去的背影，無助地喃喃自語。

頭頂是著火般的深紅夕陽，夜晚正要造訪絃神市「魔族特區」──

6

泰迪絲商場在分屬商業區的絃神島西區，鄰近核心地段，也是象徵鬧區的購物大樓。

專賣店、餐飲店、電影院在這個方便的地方一應俱全，但人潮自然也十分擁擠，所以古城並不太喜歡這裡。何況到了週末、週五晚上，車站前的人口密度簡直高得要命。在這種環境下那月出現在講好的地點，卻是在離約定時間過了兩小時左右，已經接近晚上十一點時的事情。

「——太慢了啦！還有，妳那是什麼模樣？我們不是來處理攻魔官的工作嗎！」

古城瞪著身穿華麗浴衣走來的那月，大叫時絲毫不顧會打擾到旁人。

那月卻不改臉色說道：

「別嚷嚷，小鬼。我是看附近商店街在辦祭典，才打算帶亞絲塔露蒂享受一下夜晚攤販的風情。」

「要是這樣，至少聯絡一下嘛！」

「氣什麼？章魚燒，我也買了你的份喔。喏，吃吧。」

「……那就謝了。」

那月遞來紙盒裝的章魚燒，古城氣憤地伸手收下。

有個容貌帶著人工美感的少女走到他跟前，靜靜地低下頭。

藍色髮絲、人偶般左右對稱的五官。她是人工生命體亞絲塔露蒂，和那月同樣是浴衣裝扮。淡薰衣草色的衣料很能襯托她的髮色。

「離會合時間有一小時五十六分鐘的延遲。我向你謝罪，第四真祖。」

「呃，妳沒必要道歉啦……祭典好玩嗎？」

「——我表示肯定。」

亞絲塔露蒂簡短回答。雖然用的依舊是機械性口吻，基本上她似乎是高興的。

趁這段空檔，那月困擾地朝古城背後瞥了一眼問：

「妳怎麼會在這裡？轉學生？」

「因為我負責監視第四真祖。」

身穿制服、揹了吉他盒站著的雪菜用不帶感情的嗓音回答。

一得知古城被找來幫那月工作，雪菜就理所當然般主張自己也要來。古城鬱結地看著兩人間瀰漫莫名緊張感的互動。

「算了，反正不愁人手多。難得有機會，妳要不要也穿上浴衣？車站前有得租喔？」

「……不用，我心領了。」

雪菜毅然搖頭，話語中帶著一絲絲不捨的短暫沉默。

「不提那個了，南宮老師為什麼要將曉學長這樣的危險人物帶來執行這麼聳動的任務？學長的眷獸要是在這種大街上失控，誰知道後果究竟會有多慘重……」

「話雖如此，這傢伙要是一無所知就被捲入戰鬥，妳又打算怎麼辦？劍巫？不覺得那樣反而更危險嗎？」

「或……或許是這樣沒錯，可是……」

那月反駁得意外有理，讓原本強勢的雪菜滅了威風。那月更乘勝追擊問道：

「與其因為東西危險就擺到看不見的地方，留在手邊才更安全吧？」

「唔……」

忽然被人輕易辯倒，雪菜黯然垂下肩膀。被她們兩個指為危險人物的古城也心情不快地撇著嘴唇。

那月並沒有顯得特別自豪，就帶著古城等人搭上電梯。她一邊舔著在攤販買到的糖漬蘋果，一邊像回想起正事般問古城：

「寄給你的資料讀了沒？」

「呃，姑且讀過。那是叫『面具寄生者』吧？抓到那傢伙不就行了？」

「正確來說，要將兩個『面具寄生者』一塊抓到才對。」

那月自顧自的用了彷彿老師跟學生對答案的口氣說道。

「面具寄生者」是在絃神市上空展開戰鬥的神祕怪物代稱。

按過去的目擊案例來看，「面具寄生者」往往是成雙成對現身，然後彼此纏鬥到其中一方倒下為止。當然，那月應該是認為目標在今晚很可能也會成對出現。

「就算妳把抓怪物講得那麼輕鬆，要對付會飛的傢伙，我們又能怎麼做——」

「用不著在意，轟下來就對了。」

那月毫不遲疑地立刻回答。太亂來了吧——古城如此嘀咕。

「反正你只要朝天空放出眷獸，就不會對市街造成影響了。」

「呃，也許是這樣沒錯啦——」

「對手也是有些能耐的怪物，不會那麼容易就喪命，所以放心吧。就算失手宰了目標，我也會送東西到監獄慰問你。」

「我能放心才怪！那什麼意思？就不能判我無罪嗎！」

聽了那月自私過頭的說詞，古城捧著頭大表不滿。

持續上升的電梯抵達最高層。古城等人在那裡換搭作業用電梯，繼續朝樓頂移動。十層樓高的泰迪絲商場在這一帶是最高的建築物，要守候具飛行能力的「面具寄生者」，這裡是最佳的場所。

「不管怎樣，事情不太對勁呢。」

「怎麼能不管……根本從頭到尾都是問題。」

「不，我講的不是學長的遭遇，而是那棟建築……」

雪菜用手指著的，是隔著十字路口能看見的一棟辦公大樓。

全新建築的上半部被整塊剷去，散落的瓦礫至今仍在馬路上堆積成山，簡直像隕石直擊過後的慘狀。

「明明發生過那麼巨大的爆炸，我卻沒有察覺。假如是用魔法或召喚術催動那種破壞力，應該會釋放出程度相當的魔力才對耶。」

「表示連獅子王機關的劍巫也沒感測到嗎……果然是這樣。」

那月露出奇特的釋懷表情嘀咕。

「設置於絃神島內部的魔力檢測器對『面具寄生者』也沒有反應。特區警備隊察覺異狀是在大樓倒塌，讓民營保全公司雞飛狗跳之後的事。」

「怎麼回事啊……？」

「不知道，也許是特殊的魔法或物理性攻擊，我想得到的可能性倒有幾種。」

那月這麼說著，露出攻擊性笑容。

「哎，這些只要問當事者立刻就能知道了……曉，你可別宰掉目標。」

而她瞪視的是聳立於鬧區外圍的巨大電波塔上空。

籠罩著兇惡光芒的某種物體飛舞於昏暗夜空，那般不規則的行動不可能是飛機。接近人形的古怪身影在那裡上演著激烈空戰。

「——『面具寄生者』？」

「比想像得更早現身呢。亞絲塔露蒂，告訴公社那些人，放煙火的時間到了。」

「命令領受。」

接獲那月指示，亞絲塔露蒂便從浴衣袖口拿出看似無線電的道具操作。

古城一臉納悶地看著她們。

「那月美眉，妳說的煙火是什麼？」

「這年頭的年輕人連放煙火都不懂嗎？」

那月展開愛用的扇子，傻眼般咕噥。隨後，爆炸聲在古城等人的背後轟然響起，色彩繽紛的火光於夜空描繪出大朵的煙花圖樣。

貨真價實的煙火，發射地點和「面具寄生者」的出現位置正好是反方向。

「這樣老百姓的目光就會朝向那邊，多少可以讓爆炸和騷動蒙混過去。」

「原來如此……等等，這個時期會有夜市，該不會就是為此準備的……？」

與其說佩服，古城對那月這種意外周到的布局著實嚇呆了。

煙火的大聲響和絢爛光彩，的確最適合用於掩飾「面具寄生者」。即使有人從意料外的方位或多或少發現爆炸聲及閃光，也不會特別起疑才對。

不過，在這座「魔族特區」會需要如此大費周章進行掩飾工作，也能視為這次事件嚴重性非同小可的證明。

「趁老百姓被煙火吸引住，要在他們察覺異狀前就將事情收拾好。準備跳囉。」

「咦？跳是什麼意──」

那月忽然發號施令，讓古城冒出不祥的預感而轉頭。

剎那間，一陣強烈的眩目感朝古城襲來。過了一會兒，又有自由落體般的不適感湧上。等這些感覺總算停緩，古城發現自己已經被扔到陌生高塔的頂端，心裡大為愕然。

「──唔喔喔喔喔！這怎麼搞的！為什麼會跑來這種地方……？」

古城差點踩空，連忙抓住旁邊裸露的鋼筋。

被漆成紅白兩色的電波塔骨架──這裡是「面具寄生者」交戰處的正下方。那月用她擅長的空間轉移魔法，硬是將一行人帶了過來。

「學長，目標在上面！小心──！」

和古城一起被帶來的雪菜望著頭頂尖聲大喊。

受呼喊聲牽引的古城抬起頭，於是在意想不到的極近距離目睹「面具寄生者」，因而倒抽一口涼氣。

兩名「面具寄生者」都是嬌小女性的模樣。

但是她們背上都長了好幾片布滿血管且不對稱的醜陋翅膀。

裸露的瘦弱四肢浮現詭異的幾何圖案；刻有無數眼球圖形的陰森面具罩著她們的頭部。

她們每次展翅都會射出波形扭曲的光刃，而搖曳如蜃景的障壁又將這些攻擊接連打落。

光刃被擊落以後便化為灼熱火焰，往眼底的道路及建築燃燒。

隨著兩者的戰鬥越演越烈，市區的損害在頃刻間擴大。

「……原來如此，確實有股異樣感。那樣的魔法術式我可沒看過。」

那月淡然嘀咕，口氣彷彿毫無責任的旁觀者。

「是的。與其視為魔法……那簡直就像我們用的神靈降臨……」

雪菜點頭同意那月所說，並從背後的吉他盒抽出長槍。

槍柄滑移伸長，收納的主刃及左右副刃也跟著展開。那是一梃宛如現代兵器，形態優美的全金屬製長槍。

「『七式突擊降魔機槍(Schneewalzer)』嗎……正好。姬柊雪菜，過來助陣。我要將她們一併收拾。」

那月不等雪菜答覆就逕自揮了右手。

霎時間，她周圍的空間有如漣漪般緩緩蕩漾。接著銀鏈便從無物虛空中如箭射出，將在天上飛舞的兩名「面具寄生者」綑縛。

隨後，雪菜從鋼筋蹬向半空。

古城只能屏息望著一切。

雪菜的腳直接落在空中拉開的鎖鏈上。她視令人眼花的高度於無物，沿著鎖鍊一舉直衝而去。

「——『雪霞狼』！」

和雪菜誦唱的禱詞相互呼應，她的槍籠罩著耀眼神聖的光。

她那梃被賦予「雪霞狼」之名的長槍——「七式突擊降魔機槍」，是獅子王機關的祕藏兵器。它能癱瘓魔力、斬除萬般結界，堪稱對付魔族的王牌。即使用任何的魔法障壁也無法抵禦它的攻擊。

「面具寄生者」對預料外的闖入者感到困惑。雪菜提起槍，將光耀閃爍的槍鋒貫入她們扭曲的翅膀。然而——

「咦！」

衝突的瞬間，手上傳來的異樣感覺令雪菜屏息。

籠罩「面具寄生者」的兇惡光芒更添輝亮。這陣光輝將「雪霞狼」的直擊擋下。

理應能斬除萬般結界的槍鋒，受阻於看不見的障壁而迸發激烈火花。

「面具寄生者」展開參差不齊的黑色翅膀發出咆哮，綑住她們的鎖鏈因而彈飛，受衝擊連累的雪菜也跟著被震開。

「——姬柊！」

「居然將『規戒之鎖（Laðingr）』切斷了……？」

古城和那月同時大喊。

被甩到空中的雪菜揮動長槍，靠反作用力調整本身姿勢，再度平安地落在電波塔上，優美強韌的體術令人聯想到猛禽。但她的臉色顯得緊繃，因為連吸血鬼真祖都能擊斃的必殺兵器「七式突擊降魔機槍」對「面具寄生者」不管用。

「沒事吧？姬柊！」

「我不要緊。可是……」

雪菜對趕到身旁的古城點頭，然後抬頭看著重獲自由的「面具寄生者」。

兩名「面具寄生者」為提防古城等人攻擊，中斷彼此的戰鬥。其中之一逃到上空俯望古城他們；另一名顯得大為光火，朝著電波塔衝過來。面具下的嘴唇在咆哮間張得幾乎要裂開，全身綻放紅光。

「不妙！」

「面具寄生者」的攻擊在電波塔根部剷出整塊半球狀的空洞。看到塔基受損，那月臉色凝重。

支撐不住自身重量的電波塔開始傾斜，鋼筋斷落，塔身也緩緩倒下。位於高塔前方的是塞車的幹線道路以及對岸的成群大樓，這樣下去免不了會有一場大慘劇。

「曉，那些傢伙交給你！別手下留情，不然你可會沒命！」

那月單方面吩咐完，身影就在空間移轉下消失。

「咦！等等……！」

古城啞口無言地望著她所留下的空間波盪。那月交代得輕鬆，可是古城為了不被甩出去，光要抱緊逐漸傾倒的鐵塔就已經分不出心力。

不過，倒下的鐵塔傾斜至三十度左右便突然停止。無數道鎖鏈毫無前兆地從地面伸出將鐵塔綑住，才沒讓塔身繼續崩毀。

不安定的狀態令人聯想到比薩斜塔，但鐵塔仍勉強取得平衡，在空中懸崖勒馬。這肯定是那月所為。然而高強如她，要一邊支撐重達數百噸的鐵塔一邊對付「面具寄生者」，似乎也心有餘而力不足。

狂暴的「面具寄生者」又朝電波塔急速飛降。

古城那仰望敵人的雙眸被恐懼及憤怒染紅。

「哎，可惡！迅即到來，第九眷獸『雙角之深緋（Alnas Minium）』——！」

古城的眷獸聽從宿主呼喚，散發出龐大魔力並化為實體。

蜃景般搖曳的威猛巨軀，長著兩支犄角的緋色雙角獸。

吸血鬼能讓本身血液中的眷獸為其效命。

那是破壞性的魔力聚合體。據說光要現身於世，來自異界的召喚獸在片刻間就會吸盡宿主壽命。

能夠使喚眷獸的，只有具備無限「負之生命力」的吸血鬼——

正因如此，吸血鬼才會被畏為最強的魔族。

即使是力量最弱的眷獸，攻擊力仍凌駕最新銳的戰鬥機。何況是世界最強吸血鬼——第四真祖麾下的眷獸，兇猛威力更無異於天災。只要一時脫離掌握而失控，最糟的情況下，整座絃神島八成就會被它焚為廢墟。

這般兇惡的眷獸瞪著進逼的「面具寄生者」並發出咆哮。

吼聲化作衝擊波炮彈，迎面撲向身形修長的「面具寄生者」。散播開來的振動使電波塔為之震盪，周遭建築的玻璃也變得霧白而碎裂。然而——

「什麼——！」

即使正面承受雙角獸撕裂大氣的攻擊，「面具寄生者」依舊悠然飛在空中，肉體毫髮無傷。古城召喚眷獸攻擊，對「面具寄生者」並不管用。

「怎麼會……敵人居然能抵擋真祖眷獸的攻擊……？」

雪菜看著張開扭曲翅膀的「面具寄生者」，愕然得聲音顫抖。屢次在近距離見識眷獸破壞力的她，就某種層面而言比古城更受動搖。

緋色眷獸瞪著撐過咆哮的囂張敵人，毅然發動直接攻擊，但結果卻一樣。雙角獸籠罩著強烈振動波的突擊，被「面具寄生者」悠悠地穿透而過。那並不像雪菜用長槍令眷獸的魔力失效，也不是靠同等的力量將威力抵消，彷彿只是被微風吹過而已。

好比把小石頭拋向湖中也無損水面的景致，古城的眷獸無法觸及「面具寄生者」。這項事實讓古城吭不出聲。說時遲那時快——

「糟糕——！」

古城察覺「面具寄生者」催鼓成形的巨大光劍，頓時渾身惡寒。要是在這種市中心釋放出那道攻擊，將造成難以數計的犧牲者。

為了擊落空中的敵人，雪菜擺出擲射「雪霞狼」的架勢。然而，已有前例可證她的長槍對「面具寄生者」不管用。古城立刻打算召喚第二匹眷獸，但面對「雙角之深緋」碰都碰不著的對手，另一匹眷獸「獅子之黃金（Regulus Aurum）」究竟會不會管用——？

古城產生絕望的預感之餘，仍將右臂舉至頭頂。事情就在隨後發生了。

「啥！」

閃光由上空飛來，將舉起光劍的「面具寄生者」貫穿。

這道閃光的真面目是個長有扭曲翅膀的嬌小身影——她正是從上空觀望戰鬥的另一名「面具寄生者」。

背後的空門冷不防遭到突襲，最初那名「面具寄生者」痛苦地尖叫。

在閃光貫穿之下，她重重撞在電波塔中段。鮮血飛濺，身軀掙扎著打滾。

第二名「面具寄生者」則撲到她身上，毫不留情地用長有鉤爪的胳臂將負傷的同類身軀硬生生挖穿。肋骨斷裂，裸露的肌膚被剖開，模樣扭曲的翅膀更慘遭扯下。

最初的「面具寄生者」也極力反抗，但勝敗幾乎在第一擊就決定了。身負重創的「面具寄生者」只對同類造成皮肉傷，最後終於停下動作。

「她挺身……保護我們……？」

古城看著「面具寄生者」被濺得血淋淋的臉龐，低聲自問。

原本她一直慎重地在旁觀望戰況，單用「奇襲」兩字並無法解釋剛才出手的時機。明顯可以感覺到，她的目的在於解救古城等人的困境。

毫末鬆懈地握著槍的雪菜也微微露出疑惑的表情。

在這樣的他們面前，罩著「面具寄生者」頭部的面具脫落了。她受到同類攻擊，金屬面具產生龜裂。

如電子迴路般浮現於肌膚的輝亮紋路，照出她的真正面孔。

「……怎麼可能！那傢伙……那張臉？」

「不會吧……」

當古城和雪菜看見被稱作「面具寄生者」的少女面貌時，瞬間啞口無言。

那張仍顯得有些年幼的美麗面容，他們都認識。

令人聯想到雪地的銀髮，以及宛如冰河光彩的淡藍眼眸——

身負扭曲翅膀待在那裡、渾身詭異紋路的少女，就是叶瀨夏音。

總是綻著溫和笑容又喜歡動物的國中女生。這樣的她被濺得渾身是血，正低頭看著屬於同類的「面具寄生者」。

「……住手，叶瀨……！」

古城察覺她用意為何，擠出嘶啞的嗓音。

夏音大大地張開嘴，美麗面容因而扭曲。滿滿長在她口腔裡的是白鯊般的無數利齒。夏音朝倒在電波塔上的同類，將那口利齒扎進對方裸露的白皙喉嚨——

「叶瀨————！」

在嘶喊的古城等人眼前，大量鮮血噴湧而出。

「面具寄生者」的喉嚨被咬破，受傷的身軀開始劇烈痙攣。

淡藍眼眸流下眼淚，夏音開始咀嚼咬下的肉片。

這時候，古城總算明白這場戰鬥的意義，她們是為了啃食彼此才與同類相搏。夏音啃食了屬於同類的「面具寄生者」。

不久她達成目的，再度展翅飛向空中。

那籠罩著兇惡光芒的身影，立刻融入夜空消失。

古城等人無計可施，茫然目送她離去。

現場只剩慘烈的破壞痕跡，以及身負重傷的「面具寄生者」少女——

夜晚無月，市街吹過一陣腥風。

第三章 搭機，而後落難

The Island Of Exile

1

隔天，週六——

古城與雪菜絲毫沒睡便迎接早晨，兩人在絃神島北區的車站下了車。

「魔族特區」絃神市是學術都市。製藥、機密機械、高科技素材產業等大型企業，或者知名大學的研究機構，都星羅棋布地分布在島上。

在這當中，聚集了大規模研究設施又格外著名的，就是這條位於北區第二層的研究所街。景觀具未來感的街道上，留有濃厚的人工島色彩。

「——魔導士工塑？」

古城仰望設於車站前的導覽板，朝雪菜問道。

雪菜翻開手寫的筆記確認並回答：

「是的。凪沙跟我說了叶瀨的住址，結果那是魔導士工塑公司的宿舍。」

「……記得那好像是製造打掃機器人的公司嘛。」

古城摸索著模糊的記憶如此嘀咕。大樓進行清掃時能看到的地板打磨機，還有家庭用的自動吸塵器，在商標上應該就印有那樣的企業名稱。

「對啊。那間企業主要靠製造產業用的機器人偶聞名。研究設施位在紘神市，叶瀨現在的養父好像在那裡上班。」

「……妳說現在的養父……對喔，叶瀨提過她以前是住修道院。」

「是的。修道院關閉後，聽說叶瀨就被他收養了。」

雪菜這麼說著，有些傷感地垂下目光。雪菜是讓獅子王機關當成孤兒培育長大，夏音的境遇由她來看，共感之情應該會比同情更濃。

古城神情嚴肅地搔著頭。

「照常理想，被收養應該是件好事……不過看了昨天那一幕，總覺得有點……」

「我也有同感，讓人有些掛懷呢。」

雪菜正經八百地點頭。接著，她忽然擔心地抬頭問道：

「叶瀨的事……學長跟南宮老師提過嗎？」

「我還沒說。況且『面具寄生者的真面目也許就是叶瀨』這種話，根本說不出口吧。至少也要等我們多收集一點情報。」

古城苦惱地皺著臉嘆氣。

當然，古城也不認為自己的判斷絕對正確。為了避免更大的損害，或許該將事情交給那月。但古城並非特區警備隊的隊員，只是一介學生。他並沒有意願在什麼事都不明白的情況下，糊里糊塗就將認識的學妹交給管理公社。至少在那之前，他希望能和夏音談上一次。

令人意外的是，雪菜並未責備古城這麼處理。真沒辦法呢——她只是靜靜地如此低語。

「妳說的宿舍……是這裡？」

「住址寫的應該就是這棟建築。」

不久，古城他們便抵達地址所指的目的地，一時之間兩人都無言地呆愣站在當場。

那是一棟帶有攻擊性樣貌的建築，整片外牆都覆蓋了鏡面加工的玻璃。剔除掉生活感的辦公大樓，顯得冰冷呆板。假如夏音的家真的在這裡，她就不是住在公司宿舍，而是住進了企業的研究所。

儘管那並非壞事，和夏音的形象不符倒也是事實。至少這裡看起來就無法養貓。

「——歡迎您到來。」

古城他們一進玄關，櫃台就有年輕女性出聲招呼。

「啊……不好意思，我們想和住在這裡的叶瀨夏音小姐見面。」

古城生疏地陪笑並告知來意。

接待員用不帶情緒的眼睛仰望他。這時古城才發覺對方並非人類。她是機器人——仿造人類做出的機械人偶。

「二〇四號室的叶瀨夏音，目前外出中。」

接待員作勢操縱手邊的電腦，淡淡回答。

「妳知不知道她什麼時候會回來？」

「我不清楚。」

接待員禮貌卻冷漠的應答，讓古城冒出難以言喻的不快感。

儘管同樣出於人手，她和亞絲塔露蒂的性質完全不同。

亞絲塔露蒂是人工製造的「人類」，這個接待員只是扮成人類模樣的「人工物」。不具自我意識，舉止卻與人類如出一轍的她，讓古城感到十分詭異。那股冷冷的異樣感和魔導士工塑公司的這棟建築裡瀰漫的氣息相當類似。

「請問，叶瀨賢生先生在家嗎？」

古城沉默以後，代他開口的是雪菜。至於叶瀨賢生這名人物，恐怕就是夏音的監護人。

「恕我請教，客人您是……？」

「我是獅子王機關的姬柊。」

面對接待員詢問，雪菜告知自己所屬的組織名稱。古城對此有些驚訝。

在這種和原本任務無關的狀況下報出獅子王機關的名號，感覺並不像行事一板一眼的雪菜會有的舉動。結果接待員的答覆和古城他們預料的不太一樣。

「——收到您的吩咐了。請在那裡稍候片刻。」

接待員這麼說著，指向大廳中央供訪客用的沙發。

「收到吩咐是什麼意思？」

「我也不明白，但是這樣正好呢。」

儘管古城和雪菜略感疑惑，還是決定照指示坐著等候。

看似昂貴的沙發坐起來極為舒適，不過被晾在寬廣大廳的正中間則令人不自在，心情像是成了展示品。

就這麼等了約十五分鐘，當古城開始覺得無聊時，發現有人從大廳內部的電梯走出來。

那名女性有一頭亮麗金髮，要是把高跟鞋算進去，恐怕比古城還高。出色的身材足以和那是個身穿酒紅色套裝的外國女性。

身高相襯，屬於肉感型美女，窄裙浮現的大腿線條豔麗動人。

「那就是……叶瀨的老爸？不可能吧。」

古城狐疑得瞇著眼嘀咕。

「她是登錄魔族。」

雪菜冷冷地忽略古城說的傻話，並開口指正。

穿紅色套裝的女子左臂上戴了寬約五公分的金屬製手鐲。那是人工島管理公社配發的魔族登錄證。

那只手鐲會監控魔族的肉體，限制其發動特殊能力，但相對的也能貸與那些魔族在絃神市的市民權。只要戴著魔族登錄證，他們就和普通人一樣被賦予受教育或就業的權利。

但是，對於在「魔族特區」生活的古城等人來說，登錄證以及將那配戴在身的魔族，都不算特別稀奇。更吸引古城目光的，反而是她那副胴體的存在感。

「怎麼說呢？真是個美豔的人耶。」

古城望著她那對高高撐起套裝領口的胸脯，無意識冒出感想。雪菜側眼瞪著他，貌似不悅地嘆道：

「你很沒禮貌喔，學長……倒不如說，用那種下流眼光看人已經算犯罪了。」

有妳說的那麼糟嗎——當古城稍稍受到打擊時，穿紅色套裝的女性在他們面前停下腳步。她露出讓人看了心蕩神迷的蠱惑表情，笑著問：

「對不起，是不是讓你們久等了？」

「不會……突然來拜訪，我們才應該道歉。」

雪菜凜然起身回答。也許她是判斷既然報出了獅子王機關的頭銜，就不能示弱。和對方縱有近二十公分的身高差距，雪菜仍不顯退縮。

穿紅色套裝的女性似乎有些驚訝，瞠目看著這樣的雪菜。

「你們是昨天——」

「咦？」

「呃，對不起。我沒想到獅子王機關的攻魔師會是這麼年輕的人士。」

女性若無其事地搖頭，然後用事務性口吻繼續說道：

「重新向妳問好，我是研發部門的碧翠絲．巴斯勒。我在叶瀨賢生身邊……嗯，是處理類似祕書的工作。請問你們今天過來，有什麼貴事要找叶瀨？」

「不好意思，我現在不能說。因為我們希望直接和本人談。」

雪菜語氣生硬地這麼告訴對方。自稱碧翠絲的女性則未顯不悅地點點頭。

「我明白了。不過，傷腦筋呢。叶瀨今天不在。」

「不在？」

「是啊。叶瀨目前人在島外。敝公司在『魔族特區』的管理區域擁有獨自的研究設施，他就是在那裡。」

「絃神島外面？難道叶瀨同學……他的女兒，也和他在一起嗎？」

「是的。我聽他這麼提過。」

碧翠絲親切地微笑肯定。

絃神島浮在流經海洋的龍脈上頭，以魔法觀點來看是極為優異的地形。然而，它也一併

具備人工島特有的限制，既無法徹底隔絕海浪或洋流的影響，在這裡也完全不能使用需直接涉及大地的多種魔法。

為彌補這項缺陷，將根據地設於「魔族特區」的企業獲得政府允許，可以將伊豆群島中的幾座無人島借作「管理區域」使用。叶瀨賢生所在的設施，大概也在那些無人島當中。

「妳知不知道他們兩個什麼時候會回來？」

古城語帶緊張。看似遺憾的碧翠絲搖搖頭回答：

「回來的日期未定。關於叶瀨目前負責的企畫，我也沒有被知會詳細內容——」

「這樣啊……」

看了古城失望的模樣，她愉快地笑著提議：

「所以，如果你們有急事，我想直接去拜訪研究設施會比較快喔。」

「……有辦法過去嗎？」

睜圓眼睛的古城反問。

「嗯，當然囉。一天會有兩班聯絡用的小飛機往返，拜託他們讓兩位同行就可以了。現在出發，我想還來得及搭上午的班次。」

「那個……能麻煩妳幫忙安排嗎？」

「我了解了。那麼，兩位這邊請。」

碧翠絲朝古城他們招手，然後踏出腳步。古城連忙跟著起身，這時雪菜卻不知為何垂著目光，低聲咕噥：

「飛機……」

「姬柊？」

古城一臉納悶地回頭。

「沒有，沒什麼。」

雪菜握緊拳頭並搖搖頭。她的唇蒼白顫抖著。

2

對於浮在太平洋中央的絃神島居民來說，飛機是切身的交通工具。因此在絃神市內，大大小小共設有六座機場。

話雖如此，能供大型飛機正常起飛的只有一座中央機場。剩下的五處都是設備只能應付最低需求的民營機場，跑道長度不滿八百公尺，何止沒有降落引導系統，連夜間照明都不存在，設施實在簡單到陽春的地步。

古城他們被帶去的北區產業機場，就是這樣的小型機場之一。機場腹地內只蓋了一棟小小的管制塔。跑道上有一架髒兮兮的四人座小飛機，彷彿孤伶伶地被留下來停放在那。

那是一架舊得恐怖的螺旋槳飛機，看來就是魔導士工塑的公司專機。

「受不了那女人。還以為出了什麼狀況，特地把我叫回來，結果居然要我扮成校外教學的領隊？」

在螺旋槳飛機那裡等著古城他們的，是個穿皮夾克的長髮男子。他個頭相當高，身材卻太瘦，雖然長相還算有型，個性倒給人散漫的印象。整體而言是個散發缺陷感的男性。

他朝從跑道走來的古城一行人簡單地舉手招呼：

「算了……歡迎你們，兩位客人。我叫洛．霧島，算是在碧翠絲底下負責跑腿的人。好啦，請多指教。」

「啊，你好。我們也要請你多指教。」

霧島來回看著伸手與他回握的古城，以及雪菜揹的吉他盒，當面露出賊笑。

「呼，原來如此。看起來也不像普通的學生……哎，會住在這種魔族特區應該有很多因素吧。」

「哈哈……」

古城用含糊的笑聲敷衍，同時也將目光放在霧島手腕上戴著的魔族登錄證。他和碧翠絲一樣是魔族，恐怕屬於L種——獸人。

「那麼，差不多要請你準備起飛了。」

等古城他們坐進飛機，霧島就向駕駛座的飛行員知會一聲。接著他將罩著塑膠套的紙袋遞給坐在後方座位的古城。

「還有，這是嘔吐袋。」

「咦？」

為什麼起飛前要趕著給這玩意？古城一時感到困惑，但看見旁邊的雪菜臉色就馬上懂了。她看起來十分焦慮，正祈禱般合握雙手，模樣狼狽得彷彿平時的威風全是虛假。連和洛坦陵奇亞的獵教師或戰王領域的貴族對陣時，她都沒有慌亂到這種地步。

「沒……沒事吧？姬柊？」

古城忍不住擔心地問道，雪菜卻堅強地抬起頭回答：

「當然沒事。我一點問題都沒有。」

「呃，可是妳的臉變得像白紙一樣耶……」

「那是學長多心了。」

雪菜有氣無力地斷言。她憑著一副肉身就能展開走鋼索般的空中戰，總不會有這種弱點吧？古城雖然這麼想，還是將問題說出口：

「……妳該不會害怕搭飛機？」

「才沒那種事！我……我是獅子王機關的劍巫耶。」

即使是幼稚園小孩說謊都更像樣吧？聽了雪菜如此笨拙的說詞，古城忍住差點露餡的苦笑。雪菜意外的弱點很可愛，但古城無意取笑拚命想掩飾的她。

雪菜無從選擇便成為獅子王機關的劍巫。被迫如此過活的她並不容許在人前示弱，因為那樣會使她失去歸宿。所以她應該從年幼時就常常像這樣，硬要自己表現得堅強。

就算在信任的同伴或朋友面前也不容許說喪氣話。古城以前體會過和那屬於同一種類型的孤獨。那恐怕跟他對籃球場抱持的感情一樣。

後來古城對那樣的孤獨感到疲倦，便拋棄了籃球，所以當然沒資格嘲笑雪菜。

「這麼說來，凪沙也不習慣搭飛機呢……哎，雖然她是搭所有交通工具都不習慣，畢竟立刻就會暈。」

「我說過，我並不是害怕搭飛機嘛……」

對於古城無心的嘀咕，雪菜噘起唇抗議。

他們所搭的飛機這時正準備起飛而開始在跑道上加速。引擎聲和機體搖晃加劇，讓雪菜徹底僵硬。

古城對茫然自失的雪菜看不過去，默默抓住她發抖的手。

「……學……學長？」

「啊，抱歉。我以為這種時候有人握著手會比較安心。妳排斥嗎？」

「我並沒有這麼說——！」

雪菜緊緊回握他的手，慌張地駁斥。古城望著窗外，無奈地發出嘆息。

飛機已經飛離絃神島，放眼望去周圍盡是藍海。靠著太陽的位置勉強能分辨方位，可是古城對於自己身處何處早就失去概念。飛行狀況似乎還算順利，但舊型螺旋槳飛機的機體之薄超乎預料，事到如今古城才擔心能不能平安回去。也許是雪菜的不安傳染給他了。

「叶瀨她爸爸的研究內容……免不了和『面具寄生者』有關吧……」

為了分散自己的注意力，古城自言自語般說道。在這架聲音吵雜的飛機裡，古城他們似乎不用擔心對話內容會被前座的霧島聽見。

「是啊……大概不會錯。」

雪菜臉色沉重地回答。

這是理所當然的結論。夏音化為怪物時全身上下都浮現發亮的紋路，那極有可能是用來令肉體產生變化的術式。

具備運行高階魔法儀式的知識，又能對夏音實際施用那種儀式的人物——身兼大型企業魔導技師及夏音養父的叶瀨賢生，與這些條件吻合得無話可說。

「他將自己的女兒改造成那種怪物，還讓她們同類相殘……？」

古城粗魯地咂嘴，低聲表露不平。然而，雪菜卻露出更加悲痛的表情搖搖頭說：

「因果順序大概和學長說的相反。」

「咦？」

「叶瀨賢生並不是改造了自己的女兒……」

「是為了改造叶瀨……才收她當養女的嗎……！」

太過殘酷的推想使古城的視野被憤怒遮蓋。

原本孤獨的少女假如知道她終於獲得的家人，不過是把自己當成實驗材料——

夏音當時的絕望，古城已經連想像都無法想像。

而雪菜默默帶著微弱的笑容，自嘲般垂下目光。

「也許叶瀨和我很像，所以……」

話少的雪菜冒出這句咕噥，古城才總算發覺她的心思。

雪菜被培育成劍巫的遭遇，確實可以重疊在現在的夏音身上。只要踏錯一步，雪菜或許也會像夏音那樣被人當成魔法的實驗品。所以她在魔導士工塑公司才會不惜報出獅子王機關的名號，也要見到叶瀨賢生。為了救夏音，雪菜拚命設法。

「昨天晚上……叶瀨救了我們吧……」

古城喚起在電波塔上嘗到的死鬥記憶，同時喃喃向雪菜確認。回神的雪菜抬起臉，用五指使力握了他的手。

「是啊。」

所以這次她希望自己能救對方——用力點頭的雪菜眼裡如此訴說。這對古城而言也一樣。結果，古城幫助夏音的理由，有這個就已經足夠。

然而，彷彿要嘲笑古城他們的決心，載著一行人的小飛機在劇烈晃蕩下開始降落。

「喲，傻情侶。抱歉在你們恩恩愛愛講話時打擾，差不多快到啦。」

霧島手指著的海面上浮著一座小島。

那是一座中心處被綠色森林覆蓋的半月型島嶼，直徑再長也不到兩公里，感覺花半天就能環島一圈。從上空看不見民宅的形影，是徹頭徹尾的無人島。

「那座島上有魔導士工塑的研究設施？」

困惑的古城提出疑問，而霧島沒勁地點頭回答：

「原本好像是連名字也沒有的無人島，我們自己管它叫金魚缸。」

「金魚缸？」

什麼意思——當古城歪著頭不解時，飛機開始大幅盤旋。機體進入著陸態勢，引擎發出嘈雜的嘶鳴，機身劇烈搖晃。

「跑道周圍沒啥規畫，忍著點。我們缺預算嘛。」

「……你說的跑道，不會是指那片什麼東西都沒有的荒野吧？」

「別講話，會咬到舌頭。」

「欸……真的假的！」

舊型螺旋槳飛機衝去的前方，只有一塊處處裸露出土壤的草原。寬廣程度比小學的校庭強上一丁點，別說沒鋪設水泥，就連標誌也沒看見。這樣的玩意實在稱不上跑道。

雪菜忍不住緊摟古城，但他沒空閒為此害羞。

飛機幾乎是以迫降的方式強行著陸。機體在顛簸的路面數度彈起，並緩緩放慢速度，最後才勉強在崖邊停下。

霧島熟練地解開安全帶，然後打開狀況不良的艙門。

「到了。快點下飛機，傻情侶。之後還有行程排著呢。」

他看著抱成一起的古城和雪菜，一臉傻眼地催促。

「拜託，我們並不是情侶。」

古城反駁的聲音也有氣無力。他牽著搖搖晃晃的雪菜，拖泥帶水地走下飛機。久違的堅硬地面踏起來令人覺得異樣可靠。

「叶瀨他們真的在這種地方？」

古城望著空蕩的景象問道。霧島若有深意地含笑回答：

「誰知道。你們遲早會碰面吧……要是能平安活到那時候。」

「……霧島？」

確認古城他們下了飛機之後，霧島關上艙門。飛機引擎再度使勁運作，小巧的機體緩緩發動駛離。

「抱歉啦，傻情侶。哎，要恨就恨碧翠絲那傢伙。」

隔著窗戶揮手的霧島如此留話。古城聽懂話裡的意思，愕然得表情凍結。他連忙拔腿追趕加速的飛機大喊：

「喂……給我等等，大叔！」

「你叫誰大叔，臭小鬼！我才二十八歲——————！」

飛機輕盈起飛，霧島怒罵的聲音逐漸變小。

古城呆若木雞地目送有如被吸入藍天的小小機體遠離。

「……饒了我吧。」

海面反射南國的強烈陽光，閃耀著藍色光芒。

3

古城從恍惚狀態重新振作，是那之後過了十五分鐘左右的事。

在這種絕望處境下，他應該還算振作得比較快的。

即使抱著些微的期待守候，消失在海平線另一端的飛機仍沒有回來，只有鳥兒們的啼聲無情響著。古城他們完全被遺棄在這座小小的無人島上了。碧翠絲．巴斯勒騙了他們。

「呃……妳沒事吧？姬柊？」

古城走近杵在岸邊的雪菜，戰戰兢兢地喚了對方。

雪菜帶著沉痛的表情回頭，接著默默低下頭。身為以傑出靈視能力自豪的巫女，卻沒有看穿碧翠絲的詭計，她八成認為自己該對這件事負責。

「對不起，學長。是我失策。」

「妳不用道歉吧。我也一樣被耍了啊。」

「不，是我疏忽了。魔導士工塑公司可能和『面具寄生者』的事件有關，這是理所當然可以料到的。」

「哎，與其說疏不疏忽……妳都對飛機怕成那樣了。」

「才沒那種事！我只是疏忽了而已！」

也許雪菜對這一點無論如何都無法讓步，事到如今還在虛張聲勢。哎，怎樣都好啦——古城這麼說著，用連帽衣的帽子遮住強烈陽光。

「結果，那個叫碧翠絲的女人也和叶瀨她爸是一夥的囉……可惡。瞞著那月美眉去見人，徹底弄巧成拙了。」

深痛體會到自己判斷失誤，古城現在才開始後悔。

那月還不知道「面具寄生者」和魔導士工塑公司有掛勾。那會拖慢事件調查的腳步，也代表夏音的處境將越來越糟。

雖然不明白叶瀨賢生打算用女兒的身體做什麼，但這讓他獲得進一步「實驗」的時間。

「對啊，我們被擺了一道。沒想到他們會用這種方式將『第四真祖』從絃神島排除。」

雪菜說得莫名懊悔。自己負責監視的古城如此輕易在大局中失去作用，八成讓她倍受打擊。妳那股競爭意識針對的方向，是不是不太對啊——古城五味雜陳地這麼想著，同時拿出手機。

「訊號……當然是收不到訊號嘛。就算能用ＧＰＳ，這種小島也不會登在地圖上。」

根本派不上用場——如此發牢騷的古城關掉電源。

「這樣看來……也不會有船碰巧經過。」

「畢竟『魔族特區』的周邊海域，原本就管制飛機和船舶接近啊。」

雪菜冷靜道出悲觀的事實。

實際上，碧翠絲和霧島想來也不會將古城他們留置在容易救援的地方，最好別期待救兵會立刻趕到。

「之後再思考怎麼逃脫，我們先調查這座島吧。總之得確保飲水才行。」

「水？」

「是的。另外也需要食物和躲避風雨的地方。可以的話，要在太陽完全下山前找到。」

雪菜從背後的吉他盒裡抽出銀槍。她似乎打算用銀槍劈開礙事的樹枝，在森林中闢出一條路。

「……感覺真像漂流到無人島的遇難者。」

古城的語氣聽來缺乏緊張感。雪菜回望他，語帶嘆息地說：

「不只像而已，我們可是真的待在無人島。」

「對……對喔，要是就這樣等不到救援，最糟的情況下，我們非得兩個人在這裡過日子了。那實在讓人笑不出來……」

古城環顧和文明徹底隔絕的小型無人島，頭痛地捧著腦袋。便利商店及超市自然不用提，沒有網路、電視、電力、自來水的生活，對古城這種怠惰成性的現代人來說，光想像就覺得恐怖。何況當古城他們處於這種原始環境時，夏音依然飽受危險威脅。連用「最糟」形容目前的處境，都讓人覺得太輕描淡寫。

可是雪菜不知為何，用看似內心受傷的眼神瞪著他說：

「『最糟的情況』是嗎……？和我獨處實在讓人笑不出來……這樣啊。」

「咦？」

「沒有，沒什麼。」

雪菜說著轉身背對古城，走進森林裡。她洩憤般揮舞長槍，當著古城面前刨去樹幹。

「姬柊……小姐？請問……妳該不會在生什麼氣吧……？」

「沒有，我根本沒生氣。這只是為了避免迷路才在樹上作記號。」

「是……是喔。原來如此。」

心裡不太能釋懷的古城這麼說道，也追著雪菜走進森林裡。

也許是因為叢生的樹木遮去陽光而長不出雜草，森林中比想像的好走。火山岩質地的岩層呈現平緩下坡，一路通往小小的河口。

紘神島周圍原本就是降雨量多的海域。清流蜿蜒於裸露的岩層縫隙，島上到處有澄澈的泉水湧出。至少在飲水方面似乎不成問題。

「……姬柊？」

頭也不回地持續前進的雪菜，在穿過森林後忽然止步。她露出不解的神色，望著海岸附近的斜坡。古城也循著她的視線凝神看去。

「那個，該不會是建築物吧？」

「啊，沒有……那個是……」

聽古城語氣顯得雀躍，雪菜有些為難般語塞。

斜坡中段立著一道烏黑的水泥牆。牆面有裂痕、長著青苔，但肯定是人工建築物。

「莫非這裡真的有魔導士工塑的研究設施？」

「呃，應該沒有那種事……不過……」

「在這乾瞪眼也沒用，我們過去看看吧。也許有人住在這裡，只是霧島他們不知道。」

「學長！請等一下，那個是——」

古城無視雪菜的制止，直直往建築物跑去。他腦中也曾閃過一絲顧忌——這有可能是霧島他們設下的陷阱。不過若真是這樣，倒也簡單明瞭。

但實際來到牆壁附近以後，古城才發覺雪菜制止他的理由。

那是一棟奇特的建築，大小約同兩層樓高的公寓。儘管被厚實的水泥牆所覆，牆孔卻連玻璃窗都沒鑲。不提家具，裡面甚至沒有照明器具，實在不像人會住的地方。

「……是碉堡呢。」

追著古城過來的雪菜抬頭看了建築物，低聲說道。

「……碉堡？」

「就是在戰場上，為了阻止敵方部隊接近所設的防禦陣地。和城寨類似喔。」

「這種島上也會有戰爭？」

「這就不清楚了。雖然這看起來並不像多舊的建築。」

雪菜說著毫不猶豫地踏進昏暗的碉堡。古城正要跟到她後頭，鞋底傳來的觸感卻讓他皺起臉。如枯葉般散落腳邊的是灰亮的金屬短瓶。那是機關槍的空彈殼。

「看來……是槍戰留下的痕跡呢。」

雪菜嘆道。

回神環顧周圍，在碉堡的牆面上留有無數疑似彈孔的凹洞和裂痕。

光從表面的汙垢判斷，這些彈孔並不老舊，頂多是近幾年留下的痕跡。然而會是什麼人為了什麼目的，要對這座島發動攻擊則不得而知。紘神島周圍不曾聽說過有海盜，縱使真的有海盜，他們應該也沒有理由弄得像戰爭似的登陸這座無人島。

「沒看見屍體呢。」

雪菜將荒廢的碉堡內部巡過一圈，平靜地咕噥。

奇特的是，相較於彈孔之多，裡頭確實看不出有傷患待過的蛛絲馬跡。連吸血鬼化的古城也無法靠五感發現血跡。

「這倒是真的。哎，坦白講，還好沒有。」

「幸好這裡還有屋頂，省了紮營的工夫。」

「難道妳打算住這裡？」

古城一臉排斥地低聲驚呼。有什麼問題嗎——這麼反問的雪菜納悶地眨眼。

「呃……我怕會有幽靈之類的玩意出現就是了……」

「……為什麼學長要怕幽靈那種東西？你好歹也是吸血鬼耶。」

雪菜用像是忍著不笑的語氣說道。古城賭氣般歪著嘴反駁：

「姬柊妳還不是對飛機怕成那樣。」

「我沒有怕！我才沒有怕嘛！」

雪菜滿臉通紅地回嘴，而古城無奈地抬頭看向碉堡的天花板。

「不過這裡真的什麼也沒剩耶。要是留個無線電給我們就好了。」

「……這實在令人笑不出來。既然我們不能獨力脫困，也只能兩個人在這裡等待救援了……雖然這算是最糟的狀況。」

不知為何，雪菜又用鬧脾氣般的口氣這麼說道，然後當場蹲在地上。

「救援啊……救援嗎？」

古城從機槍用的槍眼望著海平線，悄悄嘆息。

絃神島如今遠在天邊，聽不見他的嘆氣聲。

4

「好慢！」

藍羽淺蔥焦躁地盯著接不通的智慧型手機畫面，不高興地嘀咕。

這裡是位於絃神市南區的公寓七樓，曉家的客廳。

今天淺蔥穿的服裝比平時的打扮略為簡潔樸素。但這套用心十足的便服，其實從上到下壓根都是剛買的新裝。由於她還放下頭髮，乍看就像好人家的千金小姐——這是淺蔥給自己的評價。

「要讓我等到什麼時候嘛，那個笨蛋……！」

憤慨的淺蔥手邊是全白的素描簿和全套畫具。古城說過會陪她做美術作業，她聽信那個約定，專程在假日一大早就來到曉家。儘管如此，最要緊的古城人卻不在。據說他昨天晚上很晚才回家，早上又出門了。當然，他對淺蔥連一聲聯絡都沒有。

「……對不起喔，淺蔥。古城哥給妳添麻煩了。」

坐在淺蔥旁邊的曉凪沙則感到過意不去，顯得相當喪氣。古城這個懂事的妹妹，似乎對愚兄的所作所為感到有責任。

淺蔥用平時那副挖苦人的表情直爽地對凪沙露出笑容。再怎麼說，淺蔥和她也有長達四年的交情。

「妳不用道歉啦，錯的是那個爽約跑出門的笨蛋。雖然我會相信他也算笨得可以。受不了那個傢伙……」

「嗯……不過，古城哥到底去哪裡了啊？他的手機完全接不通，雪菜好像也從一大早就出門了……」

「又是那個轉學生嗎……？」

凪沙無心的嘟噥讓淺蔥聽得咂嘴。像這樣一次又一次接連發生類似狀況，就算是她也會發現不對勁。

最近半年內，古城曠課的次數頗為頻繁，那個轉學生來了以後更是特別嚴重。

而且古城無預警失蹤，一律都是和她扯上關係的時候。古城和她之間肯定有什麼祕密。

淺蔥如果有意，要查姬柊雪菜的底細當然是小事一件。她有自信能入侵公家機關的資料庫，在一瞬間將對方的所有個人情報，從成長經歷到存款餘額通通揪出來。但淺蔥絲毫沒那種意願。

挑戰自己明白會贏的賽局並不是藍羽淺蔥的行事風格，碰上祕密就該堂堂正正地在克服恰如其分的難關後再揭發。這是淺蔥身為駭客的自尊和矜持。正因為她一直以來都如此躬行，人們才會懷著敬畏之心，稱呼她「電子女帝」。

「啊，不過那兩個人在一起的話，會不會是在幫夏音的忙啊——」

凪沙重新倒了咖啡到杯子裡，像忽然想起來似的說道。

「妳說的夏音……是指叶瀨夏音？那個銀髮的女生？」

淺蔥滿臉不可思議地反問。國中部的「聖女」是名人，長相還有名字淺蔥姑且都知道。

「因為發生了一些事情，我才會叫古城哥幫忙找人認養夏音撿回來的流浪貓啦。不過那件事說來話長……嘻嘻嘻……」

凪沙笑得和平時不同。一聽之下，似乎是古城誤以為有男生向他妹妹告白，就慌慌張張闖進國中部校舍。

聽到這件事，一般都會取笑他是個離不開妹妹的哥哥，不過淺蔥只是充滿關愛地望著凪沙那張喜形於色的微笑。四年前，有個少年為了探望命在旦夕的妹妹而前往醫院，淺蔥到現在仍沒忘記那個身影。

「照顧流浪貓嗎……這麼說來，古城那傢伙曾經到處問班上的同學要不要養貓呢。」

淺蔥想起他昨天的奇怪舉動，嘴裡咕噥著。凪沙點頭附和：

「對呀對呀，就是那件事……啊，對喔。要是這樣，古城哥他們說不定在修道院。」

「修道院？」

「嗯。彩海學園後面有夏音以前住的修道院舊址，她就是在那邊偷偷照顧貓的。想去的話我可以帶路，要現在過去看看嗎？反正我不到學校參加社團活動也不行。」

凪沙抬頭看向牆上的時鐘問道。時間已經過了下午一點。天氣晴朗得讓人覺得在家裡枯等根本是件蠢事。

「說的也是……光在這裡等也不合我的性子。ＯＫ，麻煩妳囉。」

淺蔥握著愛用的智慧型手機起身。

5

那棟建築遺留在平緩坡道上的公園深處，是座變成廢墟的修道院。

「傳令使之杖(Kerykeion)……和報告書寫的一樣呢。」

少女確認完刻在屋頂的浮雕，不帶感情地嘀咕。

她的身材修長苗條，肌膚白淨，頭髮的顏色也偏淡。嫻雅妍麗的面容令人聯想到盛開的櫻花。她是獅子王機關的舞威媛——煌坂紗矢華。

「這裡就是叶瀨夏音過去住的修道院？被棄置了好幾年，倒還滿乾淨的。」

紗矢華環顧變成廢墟的建築物內部，挑起柳眉說道。

院內沒有人的蹤跡。牆壁裂痕和破碎的家具，應該是五年前發生事件後的痕跡。

原因據推斷是出自靈力失控的神祕爆炸事故。

那項事故使得這間修道院關閉，原本在此生活的人也四散流離。從那以後，這裡應該就沒有任何人住。

然而不可思議的，室內卻沒有給人灰塵滿布的印象。似乎有人經常來這裡勤快地打掃。

在紗矢華目前的任務中，那名人物理應會成為重要線索。然而——

「——哈啾！」

鼻子突然發癢讓紗矢華小聲地打了噴嚏。清掃得無微不至的院內，空氣中仍有微小的飄浮物。那就是原因。

「貓毛？」

察覺到飄浮物是什麼，紗矢華露出納悶神色。

廢墟裡還有她自己的噴嚏聲迴盪著。紗矢華發覺餘韻中夾雜一絲紊亂的空氣，蹦也似的轉向後方。

「──誰！」

戒備的她擺出架勢，手則伸向揹著的樂器盒。從盒子縫隙露出來的是銀亮長劍的劍柄。

「躲也沒用……要不要乖乖現身？」

紗矢華冷冷地警告。於是，柱子的死角傳來些微笑聲。敗給妳了──聽得出苦笑裡透露著這種調調。

「……妳好。」

穿制服的男學生露臉問候，聲音裡缺乏緊張感。他是個將短髮抓成刺蝟頭，脖子上掛著耳機的高中生。

「和曉古城一樣的制服？我記得……你是之前和迪米特列．瓦特拉一起出現的……」

「啊，對喔。多謝妳那時的關照。」

矢瀨基樹一臉尷尬地苦笑。

紗矢華和他並非初次見面。之前絃神市遭遇恐怖攻擊，這個學生不知為何待在事發現場，還目睹整起事件到最後。

「所以你果然不是普通高中生囉。你是什麼人？」

「要問這個……我也只能告訴妳，我是曉古城的同班同學耶。」

矢瀨顯得有些困擾地搔著頭。紗矢華瞪著他又問：

「意思是你不願意表明身分？」

「好啦好啦，別這樣，就不要過問這些嘛。問太多會傷腦筋，這方面我們不是彼此彼此嗎？好比我問妳『獅子王機關的舞威媛跑來這種地方要找誰』，道理是一樣的。」

底細被對方輕易說破，紗矢華一臉困惑。面對矢瀨彷彿將一切看在眼裡的口氣，她難掩心裡些微的焦躁。

「你……有什麼目的？」

「我想和妳做交易。因為事情變得有點令人頭痛。」

矢瀨語氣規矩，態度令人感覺不見得是演技。

「交易？」

「嗯。交易的條件是妳不能洩漏我的底細，對古城還有姬柊雪菜都一樣。」

原來如此。聽完矢瀨拐彎抹角的說明，紗矢華心裡有數了。

眼前的男生知道姬柊雪菜是曉古城的監視者。不過，要是被雪菜等人發現他知道這些，就會對這個男生造成困擾，這就是他的立場。換句話說，他的任務包含監視古城及雪菜的動向──道理上姑且說得通。

「如果妳肯接受那項條件，我就會提供情報。我想這對妳來說大概算是十分有價值的情報啦。」

「……什麼情報？」

紗矢華冷冷問道。她沒有理由在此讓步。

矢瀨隨意聳肩，簡短回答：

「是關於曉古城目前人在那裡。」

「……啥！我……我又不想知道那種事……！」

紗矢華尖聲反駁。她不明白為什麼對方要提出這種交易。這樣的情報，對她到底有什麼價值——？

看了紗矢華明顯動搖的模樣，矢瀨擺出一副嫌麻煩的臉。

「古城那傢伙目前似乎在島外。」

「……『第四真祖』在『魔族特區』外頭？」

紗矢華臉色緊繃。她並沒有全面信任矢瀨說的話，而且那與她的任務也沒有直接關係，但如果對方所言屬實，的確會成為嚴重的問題。

「當然，姬柊雪菜也和他在一起就是了。」

「唔……呃……」

「其實他們倆啊，被扯進了和叶瀨夏音有關的事件，目前狀況不太妙——」

矢瀨口氣懶散地說到一半，卻忽然停下。

聽他提到叶瀨夏音這個名字，紗矢華的目光頓時變得銳利。然而看似苦惱的矢瀨卻莫名縮起身子，還一臉疲憊地捧著頭。

「你怎麼了？」

紗矢華帶著警戒的神色瞪向矢瀨。矢瀨汗如雨下地說：

「糟糕……根本完蛋了嘛。她們跑來這裡幹嘛？」

「她們？」

在紗矢華歪著頭時，歪扭的門吱嘎作響，聽得見有人走進建築物的動靜。一陣開朗又有些咬字不清的聲音響遍室內，打破充斥緊張感的空氣。

「午安～～夏音，妳在不在？我們家古城哥有沒有過來？」

從龜裂的牆壁後面探出臉的，是個穿制服的嬌小國中女生。那是曉古城的妹妹。她圓滾滾的眼睛這會兒又變得更圓，還望著蹲下來的矢瀨問：

「咦？矢瀨？」

「基樹？你在這種地方做什──」

跟著進來的另一個少女在察覺到紗矢華以後就停下腳步。她是個將便服穿得亮麗脫俗的高中女生，讓人聯想到性情多變的貓咪，屬於散發都會氣息的美少女。

紗矢華和她愕然望著彼此。

「「啊——！」」

接著她們互相指著對方，幾乎同時叫出聲音。

「妳是之前找古城麻煩的砍人魔？」

「曉……曉古城的小三？」

聽了彼此的發言，兩人都吭不出聲。然後她們又同時拉開嗓門。

「妳……妳叫誰小三！」

「我才要聲明自己並不是什麼砍人魔！」

彷彿隨時會開始扭打爭執，態度火爆的兩人走近，瞪著彼此像是恨不得咒對方死。

為此瞠目的凪沙則一臉搞不清楚狀況的表情問：

「咦……怎麼了怎麼了？發生什麼問題了？欸，矢瀨你說話嘛，欸！」

她來回看著紗矢華與淺蔥的臉，也猛拍蹲著的矢瀨的背。

看似虛脫的矢瀨托著腮，無力地嘀咕：

「我不管了……」

6

「繼承『焰光夜伯』血脈之人，曉古城在此解放汝的枷鎖——！」

在波濤洶湧的海岸，古城站在岩礁上高舉右手。

從他指尖噴湧出的是霧一般的深紅色鮮血。

血霧不久就為雷霆取代，隨著驚人的魔力波動綻放出黃金光彩。爆發性的龐大電流化作光柱，聳立向天。

「——迅即到來，第五眷獸『獅子之黃金』！」

出現在古城頭頂的是一頭籠罩著雷光的巨獅。那是古城從前任「第四真祖」繼承的十二匹眷獸之一——「獅子之黃金」。

古城吸了雪菜身上的靈媒血液，被認同為宿主，才能像這樣自由召喚它。然而話雖如此，倒不代表在操控方面就變得容易了。只要稍微鬆懈，這匹著實不好差遣的召喚獸就會失控，並且敵我不分地大肆破壞。

古城小心注意將雷光巨獅驅策向海。

假如這時控制眷獸出差錯，像這種小不隆咚的無人島，八成一瞬間就會被燒個精光沉到海底。古城明白這一點，勢必會變慎重。

雷光巨獅將它有如厚實刀劍的鉤爪靜靜貼近海面。古城將威力緊縮至極限，然後才解放眷獸的力量——

剎那間，龐大電力突破空氣阻力，一舉流進海裡。

這股壓倒性的能量瞬間令海水沸騰，汽化的水分引發水蒸氣爆炸。驚人的爆炸聲響震盪大氣，散播出來的衝擊波撼搖地面。

「……不行嗎？」

噗哈——遺憾的古城呼出一聲，擦拭被海水沾濕的臉。結果——

「你在做什麼啊，學長？」

古城背後傳來雪菜壓低音調的說話聲。

獅子王機關的劍巫渾身濕透，正用冷冷的眼神瞪著古城。

透明水珠從她臉頰滴落，濕漉的制服貼著肌膚呈現半透明。剛才那陣爆發造成大量水花噴濺，似乎不巧就淋在她頭上。

待在爆發中心點附近的古城，受害程度遠比雪菜小。他對此感到虧欠，仍試圖辯解：

「沒……沒有啦，我是想說，以前有聽過用電力捕魚的方式……」

「所以你就打算用眷獸來抓魚，是不是這樣？」

雪菜撥起沾濕的劉海。古城提心吊膽地點頭回答：

「感覺……行不通耶。」

「就是說啊。」

雪菜認命似的深深發出嘆息。

古城召喚眷獸施展的攻擊，對周圍海域環境造成了嚴重破壞。海底被剷起的泥沙受到翻攪，讓滾沸的海面一片混濁。即使原本有魚游到附近，恐怕也已經被粉碎得不留原形。威力太過強大了。

原本電魚在日本就是被禁止的捕魚方式，這下古城倒是陰錯陽差地體認到其中理由了。

「呃……姬柊，那妳有什麼事？」

「我準備好晚餐了，所以過來邀學長一起吃。」

「是……是喔，謝啦。」

古城一邊道謝一邊爬上岸壁。

據說雪菜在獅子王機關受過求生訓驗，用石頭堆灶的手法實在靈巧，收集來的枯枝輕輕鬆鬆就點著了。

用來代替桌子的朽木上排放著她準備的餐點。

古城望著像料理般擺在那裡的東西，露出微妙的神情。

「呃……這個是？」

他指著比較像樣的一道菜問道。那是一顆被纖維質硬殼包著的果實。

「那是椰子果實。」

雪菜略顯得意地回答。原來如此——古城點點頭又問：

「……那這個白色的呢？」

「那是生椰肉切片。」

「所以說，這些就是……」

「椰肉絲和椰肉薄片。另外這是用椰子和海水煮的湯。」

「真是有創意的菜色。」

謹慎思考過用詞以後，古城才說出感想。不過實際上弄到手的食材只有椰子，自然也沒有其他方式料理，他沒立場抱怨。與其嫌東嫌西，更應該誇獎雪菜用那把亂長的「雪霞狼」，還能將椰子果肉切絲的槍術。

「學長覺得味道如何？」

雪菜帶著滿懷期待的眼神，問了戰戰兢兢啜飲椰子汁的古城。

「嗯……該怎麼說呢？就是普通的椰子味道。」

「是喔。」

「這麼說來，我小時候曾經被凪沙拉著玩家家酒，還搞壞肚子。」

「我滿好奇學長現在為什麼會想起這件往事，但問了似乎會不愉快，就不多追究了。」

雪菜鼓著臉瞪視古城。

古城渾然不覺地望向夕陽照耀的海。

「要是就這樣好幾天沒回家，凪沙還滿讓我擔心的。畢竟我什麼都沒說就出門了。哎，明天是週日，我想那傢伙今天還不至於……」

話說到一半，古城突然睜大眼睛。他想起一件重要無比的事情。

「……學長？」

雪菜擔心地看著古城。古城則無助地當場趴倒。

「糟糕，我約好要陪淺蔥做美術作業。那傢伙絕對會發飆。」

「你和藍羽學姊有約……？」

雪菜洩氣般嘀咕，接著忽然正色說道：

「這樣稍微有希望獲救了呢。」

「……要是這樣就好囉。」

古城察覺雪菜所想的事，也點頭回應。

淺蔥差不多該注意到古城並不在絃神島了。而且從她的個性推測，八成不會對此置之不理。為了找爽約的人發牢騷，淺蔥應該會積極找尋古城的下落。

擁有超頂尖的駭客技術，又能將人工島管理公社的主電腦當手腳般操控自如，要是她出馬，大有可能察覺魔導士工塑和古城他們之間的關係。

「不過，如果淺蔥隨便和魔導士工塑接觸，難保不會有危險……這也是個問題。話雖如此，我們又不能放著叶瀨不管。」

為了救某個人，就不得不讓另一個人遭受危險的兩難處境。然而自己卻無法有所作為，這種焦躁感讓古城苦惱得一點辦法都沒有。

雪菜直直看著這樣的他，微微露出笑容。

「……學長，你擔心的盡是別人呢。明明自己被流放到無人島，連回去都沒有著落。」

「我知道啦。現在不是擔心別人的時候。」

古城難為情地歪著嘴。不過雪菜靜靜搖頭，然後用幾乎聽不見的小小聲音細語：

「不……學長這樣的個性，讓我覺得有一點點帥。」

「……咦？」

古城疑惑地出聲反問。雪菜使壞似的笑著回眸一望。

「風景好漂亮。」

她讓海風撫弄著濡濕的秀髮。

即將西下的瑰麗夕陽，照耀著雪菜那張還留有些許稚氣的臉龐。散發某種夢幻情調的這幕光景，使古城着迷地看了一會兒。

「嗯……或許啦。」

他唉聲嘆氣地點頭。夜晚再過不久就要來到——

7

絃神島西區的網咖。單人座的狹窄包廂裡，有三個人把臉湊在一起，屏息凝神地望著螢幕上播出的影像。

「有了……是這個。兩神重工製造的航空之星ＲＡⅡ。」

淺蔥將快轉的影片暫停，然後放大剪下的照片。滿是雜點的粗糙圖像檔，上面拍的是起飛前一刻的飛機——四人座的舊型螺旋槳飛機。

「是魔導士工塑公司的專機嘛。」

矢瀨看了機體上噴印的企業商標，自信地笑道。

淺蔥默默點頭並操作鍵盤。她將身穿制服、肩並肩坐在後座的兩人組放大。

那是一臉慵懶地披著連帽衣的少年，以及捧著吉他盒的嬌小少女。

「圖片是從機場監視器擷取的，拍得不太好，但這兩個人就是古城和轉學生吧。」

「……我看也是。知不知道目的地在哪？」

「照飛航計畫表來看，它是飛往自家研究設施的定期班機，不過我猜八成是幌子……話雖如此，從飛行時間推斷，感覺它也不會飛得多遠。」

在對話過程中，淺蔥陸續執行自己當場寫出的程式。被賦予須臾生命的電腦病毒現在都成了電子使役魔，開始入侵魔導士工塑的各類相關設施。

淺蔥還使用管理員權限連上人工島管理公社的伺服器。她啟動身為自己搭檔的人工智慧輔助系統。那是掌握絃神島所有都市機能的五具超級電腦的化身——摩怪。

「摩怪，你那邊查得怎樣？」

「提到這個嘛，不愧是大企業哩，帳面上都做得乾乾淨淨。」

摩怪已經入侵魔導士工塑在美國的總公司系統，口氣莫名具有人味。

它要調查的是魔導士工塑的會計部門。疑似黑帳的數據和過去的交易記錄，在突破重重保護後都被逐步還原。

「咯咯……他們露出馬腳囉。這邊有跡可循喔。」

「……收購下來的子公司私有地？」

淺蔥看了顯示在螢幕上的地圖歪了頭。

「幹嘛把這種無人島整塊包下來啊？這不是在『魔族特區』的管理區域外嗎？」

「表面上是定義成觀光用途啦。」

「從絃神島過去，單程花不到三十分鐘的時間……用舊型螺旋槳飛機往返，時間上來想剛剛好呢。」

淺蔥看著魔導士工塑那架專機的性能表，用鼻子哼了一聲。

咯咯咯——摩怪挖苦般笑道：

「我還找到了有趣的東西。就是那間公司的主要客戶名單。」

「……美國聯邦陸軍？軍隊還向他們大量訂購打掃機器人，這什麼啊？」

蒐集來的資料內容不對盤，淺蔥立刻先懷疑是數據混淆所致。但是，她認為唯有摩怪絕不會犯這種基本的失誤。

「原來如此。終於讓我看出端倪了……」

在淺蔥感到困惑時，代替她開口的是貌似不快的矢瀨。他對於魔導士工塑背地裡做的勾當，似乎已經心裡有底。

一直聽著他們互動的紗矢華也打破沉默，咕噥問道：

「藍羽淺蔥……妳是什麼人物？」

紗矢華不諳資訊系統，但她仍然看得出來淺蔥掌控電子資訊的高超手腕。既然淺蔥身為「魔族特區」的居民，就算不是尋常人物也沒什麼好訝異，但她的本領明顯超脫常軌，能摧毀那具古代兵器（納拉克維勒）也是可以理解的。

「不只是人工島管理公社，妳居然連魔導士工塑的總公司系統都能這麼輕鬆入侵……雖然妳會被黑死皇派看上，感覺就不是普通角色……」

紗矢華面露驚嘆之色，而淺蔥有些不耐地抬頭看她，嫌麻煩般輕輕揮揮手說：

「不好意思，我只是普通高中生喔。偶爾會在打工時幫忙管理公社而已。」

「啥？打工？」

這次紗矢華真的說不出話了。光就資訊戰方面，藍羽淺蔥是足以匹敵「第四真祖」的怪物。儘管如此，舉足輕重的她卻還沒有自覺——

紗矢華對這種危險性感到顫慄，淺蔥則狐疑地盯著她問：

「妳是叫……煌坂對吧？我才想問妳是什麼人。這樣真的救得了古城他們？」

「這個包在我身上，我會用人脈讓沿岸警備隊派出船艦。」

紗矢華斷然點頭。

即使負責的崗位不同，監視「第四真祖」曉古城仍是獅子王機關最優先的課題。既然負責監視的雪菜也一起被帶走了，紗矢華自然會義不容辭地救她。

況且紗矢華自己的任務和古城他們這次失蹤，似乎也不無關係。

原本是紗矢華用了獅子王機關的名義，預約和叶瀨賢生會面。她有事要問擔任夏音監護人的賢生。假如紗矢華比雪菜他們先拜訪魔導士工塑，說不定現在被帶到島外的其實是她。

「……人脈是嗎？」

要說當然倒也當然，淺蔥嘀咕的口氣顯得完全不信任。

然而，紗矢華並不能報上自己的頭銜。獅子王機關的名號要是在這時見光，雪菜的底細還有曉古城的祕密都會自動露餡。這對淺蔥來說，恐怕也是十分不幸的事情。

不過幸好淺蔥似乎無意追究紗矢華的底細。相對的，她直直望著紗矢華的眼睛。

「「那麼——」」

紗矢華幾乎也在同一時間對淺蔥提出質疑。

「所以妳和古城是什麼關係？」

「妳和曉古城是什麼關係啊？」

淺蔥和紗矢華不悅地緊閉嘴唇，互相瞪著對方。

兩人氣勢兇猛，彷彿先別開目光的一方就會死，狹窄包廂內的緊張氣氛一舉升高。也許是忍受不了那種劍拔弩張的空氣——

「好啦好啦好啦。」

結果，口氣輕快地介入她們之間的是矢瀨。

「那部分等古城平安回來，你們三個人再慢慢談好了……兩位想想看嘛，當我們幾個在這裡忙著找人時，那個傢伙正和姬柊兩個人在無人島……要怎麼說呢？也許類似亞當和夏娃的關係就這樣建立起來囉。」

矢瀨不負責任的發言讓淺蔥和紗矢華眼皮一抽一抽的。

「……也對，那是不太妙。」

「確實如你所言，矢瀨基樹。」

兩人同時呼氣。看到這種反應的矢瀨也跟著放心地嘆息。

紗矢華甩著長長的馬尾走出包廂。她隨手捧起靠在牆邊的樂器盒開口：

「謝謝你們伸出援手。我要感謝妳，藍羽淺蔥。」

「不客氣。不說這些了，最後能不能請妳告訴我一件事？」

「——好啊。只要我能回答。」

紗矢華接下淺蔥挑釁的視線，點頭回答。光明磊落的態度讓淺蔥露出滿足的笑容。

「妳為什麼要調查叶瀨夏音的事？煌坂？」

「那是因為……有人想要見她。我真正的任務是護衛那名人物。」

紗矢華猶豫了一會兒，還是道出真相。

古城和雪菜去魔導士工塑公司的理由，應該就是為了見叶瀨夏音，想來幾乎不會錯。既然如此，藍羽淺蔥也與這件事脫不了關係。她有權知道真相。

「……護衛？」

「是啊。不過，那個人卻在來紘神島的途中失去消息了。」

紗矢華緊握樂器盒，不甘心地咕噥。

「她」是在抵達紘神市之前失蹤的，紗矢華並沒有責任。就算這樣，保護不了該保護的對象仍讓紗矢華心有不甘。

「那麼，妳來這裡是因為——」

「我想只要調查叶瀨夏音，就能明白我的護衛對象失蹤的原因。多虧如此，我現在已經完全明白該懷疑的就是魔導士工塑了。」

「原來是這樣啊。」

淺蔥帶著釋然的表情點頭。接著，她終於將那個問題說出口了。

「然後呢？妳要護衛的對象，是什麼人？」

「那——」

遲疑了一瞬，紗矢華開口回答。

消息靈通的矢瀨自是不提，連身為平民的淺蔥在聽她說出那個人物的姓名後，也頓時變了臉色。

8

「……睡不著。」

古城躺在只鋪著椰子樹枝的堅硬床鋪上，茫然仰望昏暗的天花板。

他不清楚精確的時間，但恐怕還是晚上八點以前。這並非這年頭高中生的睡覺時間，更遑論夜行性的吸血鬼。

作為巢穴的碉堡裡不見雪菜的身影。她正在外頭進行監視。

為了不漏掉行經附近的船，我們晚上也輪班顧著海面吧——這是她的主張，古城沒有特意反對。兩人在這種地方一起睡覺會尷尬，也是他們的考量。不過冷靜思考以後，難以否認的是這給人白費力氣的感覺。

「……是說白天看了那麼久，連一艘船都沒有經過，何況現在。」

古城懶散地呼氣，驀地撐起上半身。

他是認為反正口渴了，就去看看雪菜的狀況，順便打個水回來。

「喂……姬柊……妳醒著嗎～～？」

因為地面高低差而撞到腳的古城，到了碉堡外呼喚雪菜。

雪菜沒有應聲。昏暗中只有古城的聲音徒然迴盪著。

繞到海岸邊，還是看不見她的身影。

她應該隨時帶著的「雪霞狼」也不見了。

「姬柊……？」

沒料到雪菜人不在，古城不自覺感到孤單。

當然，她也可能只是去巡邏或上廁所而已。

不過事到如今古城才開始掛心——雪菜為什麼硬是主張要輪班守夜，而且讓他先睡？感覺那明顯有什麼意圖。

「……」

古城心裡有股模糊的不安正逐漸擴散。

雪菜說過她並不擅長所謂的咒術。

但是，那應該不代表她完全不會用。而且要和遠方同伴取得聯絡，也未必沒有可用的法術，比如精神感應或靈體出竅。

再者，萬一使用那類咒術會伴隨風險——

為了不被古城阻止，要一個人默默採取行動。從雪菜的個性來想，恐怕就會這麼做。假如是古城自己多慮，那倒也無妨，但他想不到其他雪菜不在的理由。

「姬柊那傢伙……！要監視我就別移開目光，好好顧到最後啦！」

古城一邊發出論點偏移的抱怨一邊動身前往碉堡後頭的森林。

月齡小的月光難以依靠，森林中黑暗濃密。但古城的眼睛反而比在陽光下更鮮明地感知到景物。平時只覺得困擾的吸血鬼能力，倒會挑這種時候派上用場——古城自嘲想著。

「會在哪邊？」

古城光憑直覺走向島嶼中心。儘管腳步好幾次被突出的繁多樹根絆到，爬上平緩的坡道以後，視野頓時豁然開朗。

那裡有一片群樹和霧氣環繞的泉水。

火山口狀的岩層凹槽裡，好像有湧泉累積其中。透明度高的澄澈水面上能看到無數石柱突出，呈現宛如異世界的美景。

遠方忽然傳來水聲。

反射性將目光轉過去的古城因而倒抽一口氣，呆站在原地。

受月光照耀的泉水中有名女性。

妖精般修長的體形，一瞬間讓他懷疑是雪菜。不過並非如此。

銀色髮絲及湛藍眼睛；不像日本人的端整容貌。少女美得幾乎讓人誤認為月之女神。

她宛如聖女沐浴般讓身體沉入冷泉，然後靜靜起身。

呈現柔美曲線的白淨肌膚，滴下透明的水珠。

「叶瀨……」

古城口裡無意識發出低喃。

待在泉水中的少女和叶瀨夏音就是那麼相像。

然而，不一樣。她散發的氣質和夏音有某種決定性差異。

少女比夏音略高，面孔也顯成熟。

還有基於絕對自信的威嚴，以及堅定不搖的意志力。縱使一絲不掛在水邊嬉戲，那些特質仍壓倒性具存在感，圍繞在她身上。

沒錯，縱使是一絲不掛的模樣——

「唔……居然在這時發作！可惡……饒了我吧！」

古城忽然掩著自己的嘴，低聲發出驚呼。

犬齒蠢蠢欲動，喉嚨感到乾涸般的口渴。變窄的視野被染為紅色，猙獰粗野的慾求湧上心頭。古城吸血鬼化的肉體具備一項最惡劣的問題——對血的渴望，藉性慾高漲扣下發作扳機的吸血衝動。

或許是古城痛苦的聲音被聽見了，銀髮女性抬起臉。

堅毅的湛藍眼睛朝古城正面看過來。

——目光對上了。

這麼感覺到的下一刻，嘴裡擴散的血味使古城異常安心。

吸血衝動不會持久。重點只在於巴不得要血，嚐到味道以後症狀就會憑空消失，哪怕喝的是自己的鼻血也一樣。

「……」

古城擦拭滴滴答答的鼻血，厭煩地搖頭。

一興奮就會流鼻血。對於抑制吸血衝動來說很方便的體質，但這種體質有個問題，就是外表矬得可以。在不明白其中緣由的人看來，現在的古城八成只是個偷窺女生洗澡而突然噴鼻血的爛傢伙罷了。

銀髮少女已經不見蹤影。連藉口都沒得說的現狀讓人懊惱。

而且抬起臉的古城脖子上忽然被冰冷的金屬抵住了。

「——請學長不要動。」

背後傳來的是雪菜的聲音。平板的嗓音令人聯想到刀械。古城發現抵著自己頸動脈的，是她那把銀色長槍的槍尖。

「姬……姬柊？」

「我說過了，請你不要動。要是轉頭看後面，這把槍就會刺下去。反正我知道，學長即使被殺也會復活。」

雪菜的語氣認真得不像威脅。她從什麼時候就在背後，又是為了什麼事氣成這樣，古城都不明白。

「姬柊……小姐，呃，妳在這種地方做什麼？」

「這是我要說的台詞。我應該拜託過學長先睡吧？」

雪菜嘆氣反問。微微挪身的她傳來頭髮上水珠滴落的動靜。為什麼她會打濕頭髮？抱著疑問的古城辯解：

「呃，我原本打算睡覺……但是後來發現妳不在，總覺得很擔心——」

「所以就跑來偷看了？」

「不……不是！」

「現……現在回頭的話，我真的會生氣喔！」

雪菜慌張地說完以後，抵在古城脖子上的槍鋒力道登時變強。直到這時，古城總算發現了。雪菜瞞著他消失蹤影的目的、她的頭髮打濕的理由，還有格外心慌的箇中原因。這麼說來，她對沾到海水而變溼黏的頭髮頗為介意——古城想起這一點。

「那個……請問一下，姬柊小姐妳不會是正在洗澡吧……？」

古城戰戰兢兢地發問，雪菜握著槍的手因而發顫。

泉水周圍夜霧濃密，水面突出的石柱和岩塊也造成許多死角。古城漏看雪菜洗澡的身影也沒什麼奇怪。

「既然妳想洗澡，一開始明講不就——」

「像學長這樣，先說的話就會跑來偷看不是嗎？現在不就抓到了。」

雪菜把握十足地說。為什麼啊——這麼想的古城實在氣不過，接著又說：

「聽我說，我根本就沒有意思要偷看妳啊！」

「……根、本、就、沒、有、意、思偷看我是嗎……這樣啊？」

雪菜冷冷地出聲確認。她到底氣的是什麼，古城已經完全摸不著頭緒了。哎唷——雪菜嘆了氣，這下才像忽然察覺苗頭不對般質疑：

「……學長，你到底在偷看誰？」

「拜託，剛才在那邊有個像叶瀨的女生……等等，我又不是在偷看！只是碰巧和她對上目光而已！」

是喔——草草聽完古城辯解的雪菜隨口應聲。

「你是指叶瀨同學？」

「呃，要當作叶瀨就顯得大了一點……啊，我說的『大』是成長過後的意思……沒有特別指哪個部位，而是以年紀來講……」

古城在心急間說出多餘的藉口，能感覺到雪菜正冷冷瞪著他。

「成長過的叶瀨是嗎？大了一點是嗎……？」

「呃，我只是照事實闡述而已，就算妳這樣生氣——」

「我才沒有生氣。」

雪菜用明顯蘊含怒氣的聲音這麼說，還用槍抵在古城身上轉啊轉。

「這……這樣喔。」

「所以呢，那個女性現在去了哪裡？」

「唔，呃，她剛剛確實還在那邊……」

古城說著將目光移向對岸。

然而那邊只有一片如鏡子般平靜無波的水面。

「沒有人……對吧。」

「就是啊。」

雪菜用冷靜的聲音附和。

古城望向被霧氣籠罩的泉水池畔，嘴裡嘟噥著。那幅靜謐的景色，絲毫看不出有誰待過的痕跡。連古城自己都開始懷疑那會不會是幻影。

「學長……那件連帽衣，能不能請你借給我？」

「可以啊，我是不介意啦──」

古城這麼說著，將自己披著的連帽衣遞給背後的雪菜。衣服摩擦的窸窣聲和拉上拉鍊的動靜傳來以後──

「你可以轉過來了喔。」

抵住古城脖子的長槍重量總算消失了。

古城突然獲得解放，身體發軟之餘回過頭。雪菜背對著黑夜的森林，手持銀槍站在月光下。大得不合身的白色連帽衣底下露出赤裸柔嫩的雙腿。看來在連帽衣裡頭，她真的什麼也沒穿。

雪菜再度用槍指向忍不住凝視她的古城，開口抗議：

「請……請不要盯著我看。制服還沒乾，我也沒辦法。都是因為學長用海水亂噴──」

「唔……對啦。總覺得真的很抱歉。」

不用在意了──雪菜看古城認真道歉，便如此嘆道。

然後她打著赤腳沿著泉水旁走去。

「姬柊？」

「這前面也有能走的路。我們追過去吧。」

「妳肯相信我剛剛說的話？」

古城有些訝異。雪菜倒是一臉不可思議地回望他。

「因為學長就是學長，會跑來偷看也沒辦法。但即使如此，我也相信學長不會說這種沒有意義的謊話——」

「是……是喔。」

雪菜的評語讓人聽不懂到底算信任還是不信任，古城臉上露出不滿。

由於地形複雜，走來感覺有距離。但這片泉水原本就不寬廣，古城他們立刻來到剛才看見銀髮少女的地方。

如雪菜所說，在岩塊死角對面有路通往島的另一側，長長下坡的前頭也有夜色昏沉的海開展於眼前。

古城他們正打算走向坡道，卻又忽然停下腳步。因為他們聽見遠洋傳來沉重的噪音。

「這聲音是……」

古城爬上身旁的岩石凝神望去。受到蒼鬱的樹枝阻擾，視野惡劣。但是沉浸於黑暗中的夜晚海面上，卻能看見有物體濺起白茫的水花破浪而來。

「船？有人來救我們了嗎——！」

「請等一下，學長。那個是——！」

期待救援隊抵達的古城急著想趕過去，卻被雪菜阻止。

隨著船逐漸接近，古城也發覺她制止自己的理由。

因為逼近島嶼的船隻，形狀明顯不尋常。

異樣的噪音及大量水花；漆黑得彷彿融入黑暗中的船體。裙襬狀的氣墊使船浮在水面，後方的大型風扇更讓它的移動速度快得難以置信。來者視岩礁如無物直撲島上，古城在戰爭片看過那種船。

是海軍士兵登陸敵國用的氣墊型登陸艇。

「魔導士工塑……！」

雪菜注意到貨櫃上噴印的企業商標而低聲驚呼。

甲板上安裝的數具投照燈同時點亮了。

射出眩目光芒之餘，它緩緩展開巡弋，將夜晚的無人島逐步照亮。行動透露出某種執著，恰似搜尋獵物的巨大眼珠。

不久，在夜裡顯得太過刺眼的亮光，終於照到躲藏於森林的古城他們。

「學長！」

聽到雪菜責備般的聲音，古城連忙趴進樹叢裡。

「被對方……發現了嗎？」

一度經過的探照燈光線又回來了。

這次更有新的探照燈陸續點亮，森林被宛如白晝的光芒包圍。

上岸的登陸艇將閘門開啓。

從中走出的是全身包覆黑色鎧甲的士兵們。古城他們察覺那些人手裡握著大型軍用步槍，愕然面面相覷。

9

「魔導士工塑幹嘛現在派兵？光把我們遺棄在這裡，他們還不滿意嗎！」

古城一邊逃向森林深處一邊詛咒自己的不幸。

打從繼承第四真祖的力量以來，他曾被捲進各式各樣的麻煩，不過被武裝軍隊攻擊倒是第一次。若有得選，這是古城一輩子都不想要的經驗。

「趴下來！」

雪菜推倒古城，然後直接撲在他身上。

機槍子彈一陣連續掃射，掠過糾纏著打滾的兩人頭頂。空氣遭劃破而發出嘶鳴，被打穿的樹木碎片如雨灑下。

隔著薄薄的連帽衣傳來雪菜柔軟的觸感，但古城也沒閒情逸致在意這些了。他們倆一路滾到旁邊的大樹根部。

「談都沒得談嗎？那些傢伙突然就開火了——！」

「用的是實彈呢……這應該代表對方沒有意思放我們活命。」

手握長槍的雪菜臉上失去表情。

儘管全身裝備有厚重鎧甲，魔導士工塑的士兵們仍身手敏捷。在路況惡劣的森林裡，他們步步穩當地追上古城和雪菜。

也許是判斷這樣下去逃不了，雪菜毅然轉向敵方。

「學長，請你撐過十五秒就好。」

對古城這麼交代完，她突然奮力蹬地飛身衝進黑暗中。

「姬柊！喂！」

雪菜這一衝似乎暴露了他們的位置，敵方火線霎時集中到古城藏身的附近。塵土飛揚而起，命中岩塊的槍彈冒出劇烈火花。即使古城想援護雪菜，卻連頭都伸不出去。

然而，讓人以為會持續到永遠的槍聲，突然被少女散發的銀光掩去。

「——鳴雷！」

從樹上有如猛禽般直撲而下的雪菜，赤腳踢向身披鎧甲的士兵後腦杓，一招將人踹飛。縱有厚實鎧甲保護，支撐頭部的頸椎強度仍然不變。何況雪菜蘊含咒力的重擊，還能穿透裝甲破壞人體內部。

直接挨中連頑強獸人都會昏倒的這一腿，士兵招架不住地彈飛。雪菜在著地以前更用長槍凌厲掃過，士兵們的步槍斷成兩截。失去武器的他們被槍柄擊倒。事情只發生在眨眼未及的短短一瞬。

「姬柊，妳沒事吧！」

古城總算從集中炮火中獲得解脫，拔腿跑向打倒四個士兵的雪菜。

但是，雪菜神情驚恐地縱身往後。

「還沒結束，學長！」

「——咦！」

全身裹覆黑色鎧甲的士兵在古城面前起身了。被雪菜踢斷的脖子仍歪得離譜，卻不顯得痛苦。

「土雷！」

雪菜用手肘猛撞同樣準備起身的另一個士兵側腹。

她直接打擊鎧甲空隙。士兵的側腹凹陷，肉體彎曲成「く」字型。

這樣肋骨肯定碎了幾根，對內臟也會造成損傷才是。儘管如此，士兵並未倒下。他揪住雪菜的腳，打算將人倒栽蔥直接抓起。

「呀啊啊啊啊！」

雪菜掩著連帽衣下襬尖叫，同時也以回馬槍打斷士兵手臂。順勢翻身的她像貓一般悄悄著地。緊接著──

「喝啊！」

古城將兩個敵人一起揍飛。徹底發揮吸血鬼的臂力，全靠蠻力的一擊。士兵們無法抵擋，重重撞在背後的岩塊上。然而──

「……不會吧？我沒放水耶！」

即使全身鎧甲扭曲變形，那些士兵仍泰然起身。古城這下變了臉色。

從他們身上感覺不到魔力的波動，看來並非獸人、吸血鬼或用魔法儀式製造的行屍走肉之流。可是，這種不像人類的頑強及戰鬥力──

明白對方是魔導士工塑派來的人馬時，古城就已經提起戒心，不過這些敵人比想像中更難應付。

況且——

「唔喔！」

「學長！」

古城從背後遭到槍擊，當場趴倒在地。子彈只掠過肩頭，對擁有高度痊癒力的吸血鬼來說形同擦傷。但即使長生不老，會痛的時候就是會痛。

雪菜趕回受傷的古城身邊掩護，並露出嚴肅神情低喃。

「對不起，學長……我們被包圍了。」

察覺到腳步聲從四面八方傳來，古城心生絕望。在他們和最初碰上的士兵纏鬥時，敵方似乎已展開重重包圍。

當然，只要古城解放眷獸，哪怕有幾千個持槍的士兵也算不上威脅。他的眷獸應該在一瞬間就能讓對方從這個世界上徹底消滅。

可是古城的眷獸並沒有「手下留情」的概念，只稍稍節制威力也沒有意義。太強的眷獸和炸彈相同，一召喚就會不分善惡地將現場的一切摧毀殆盡。第四真祖的眷獸具備破壞性威力，並不是用於對付人類的手段。

就算敵人是武裝士兵，沒有殺光他們的覺悟就不能用眷獸。

該如何是好——這麼想的古城仍舉棋不定。

就在下一刻。

「——！」

閃光伴隨著巨響射過來，將古城他們眼前的眾多黑鎧甲士兵射穿。

罩著全副鎧甲的肉體爆炸四散，漆黑的污油和金屬片飛散各處。

接連射來的第二道閃光，將同樣包圍古城他們的另一群士兵盡數掃蕩。

閃光的真面目是槍彈。僅僅兩枚子彈就打破頑強士兵的包圍網，將古城他們救出險境。

「你們兩位沒事吧？」

從附近岩壁上傳來毫無緊張感的溫婉嗓音。

悠然站在那裡的是個美麗的銀髮女性。她正是古城在泉水旁見到的那個面容和叶瀨夏音相像的少女。

雖然對方看起來實在不像軍人，但穿著看似軍人儀隊服的西式套裝及繫繩長靴，握在手裡的則是裝飾得有如銅管樂器的巨大手槍。

她在那把單發式手槍裡裝進黃金彈藥，然後毫不猶豫地朝進逼的眾多士兵開火。槍口迸發驚人閃光，將大批的黑鎧甲士兵轟退。

「咒式槍——？」

雪菜發現她那把手槍的真面目，驚呼出聲。

「趁現在過來這邊。快點。」

銀髮少女優雅地微笑，朝古城他們招手。

古城和雪菜對彼此點頭，然後朝銀髮少女走近。他們無意信任毫不留情朝士兵開槍的她，不過也沒有選擇的餘地了。

「妳是——？」

「我叫拉・芙莉亞・立赫班。又見面了呢，曉古城。」

面對古城提問，銀髮少女優雅地微笑回答。

「妳怎麼知道我的名字？」

「你就是曉古城對吧？出現在日本的第四真祖。」

看古城訝異地反問，自稱拉・芙莉亞的少女一臉不解地眨眼。

「唔……是沒錯啦……」

「剛才那是最後一枚咒式彈。」

拉・芙莉亞不理會疑惑的古城，自顧自的繼續對話。

與其說她無意聽古城講話，倒不如說她理所當然認為對話就該順著她的步調。因此，她給人的印象比實際語氣來得高傲。

那宛如貴族的豪華服飾也好，金碧亮麗的手槍也好，對方恐怕是身家顯赫的千金小姐。

她簡直把自己當公主嘛——這麼想的古城感到有些傻眼。

「那些傢伙是？」

「它們是魔導士工塑的機械人偶。應該是追著我而來的。」

「機械人偶？這樣啊，所以才會……」

古城想起那些士兵被咒式槍擊中後，都炸得金屬零件掉落滿地。既然是機械組成的士兵，肋骨和頸椎折斷後還能行動的疑點也就得到解釋了。

「那艘登陸艇上並沒有人。能不能用你的眷獸將它擊沉？曉古城？」

拉．芙莉亞指著上岸待命的登陸艇問道。

「轟掉那艘船，我們就離不開這座島了吧？」

「即使能搶到手裡，我們也無法操作受母艦遙控的那艘船。重要的是，還留在船中的機器人偶更具威脅性。」

拉．芙莉亞悠然回答古城的問題。

她不像在說謊。要欺瞞古城等人或故布疑陣，她的表情顯得太過自信尊貴。

「學長，敵人要來了。」

雪菜在古城耳邊警告。她用長槍指著的方向有一群新士兵。似乎沒有時間迷惘了。

傷腦筋——這麼說的古城搖搖頭，出面來到士兵跟前。

士兵們將火力指向毫無防備走來的古城。

但那些子彈無法接觸他。流瀉而出的魔力化為青白色雷光，籠罩古城全身，槍彈因此被彈開。

「抱歉，就這樣囉。」

古城說著往前伸出右臂。

就算明白對方只是機械，要摧毀具有人型的東西，心裡依然不會好受。不過，像這樣讓對方先開火，多少就能看開了。

「──迅即到來，『獅子之黃金』！」

古城手臂迸發龐大的魔力波動。這股力量化為狂雷，塑形成巨獅模樣。凌駕戰車的巨軀發出咆吼，橫掃過人多勢眾的黑鎧甲士兵。

面對匹敵天災的真祖眷獸，全身戴甲的機械再頑強也是枉然。

「獅子之黃金」本身就是爆發性電能的聚合體，舉手投足間都會散發超高熱度，並催生巨大衝擊波或致命電磁波，直撲那些敵人。

光是將來犯的士兵摧毀還不夠，雷獅幻化為紫電，進而向海岸移動。它將停在岸邊的登陸艇破壞得不留痕跡，然後發出長嘯。

古城望向自己的那頭眷獸，無力地抱著頭。

被破壞的並不只有機械人偶。曾經美麗的森林被烈焰一路焚燒數百公尺，大地遭到剷平，連地形都面目全非。他那頭眷獸肆虐過的痕跡就是如此。打算盡量減少災害的古城曾拚命控制，卻依然造成這片慘狀。

重新目睹「第四真祖」的眷獸威力，連雪菜都瞠目僵在原地。

只有一個人看似滿意地微笑著，那就是拉・芙莉亞。

「做得精彩，曉古城。這是『獅子之黃金』……奧蘿菈・弗洛雷斯緹納的第五頭眷獸，對不對？」

「妳是什麼人？」

古城長嘆一聲，直直望向拉・芙莉亞。

沒錯。他應該更早確認才對。

知道古城的底細及「第四真祖」名諱的她，不可能單純是個有錢人家的千金小姐。再說她還被魔導士工塑追殺。

拉・芙莉亞靜靜回望古城。

令人聯想到冰河的碧藍眼眸——和叶瀨夏音相同顏色的眼睛。

「我已經報上拉・芙莉亞・立赫班這個姓名了。」

她帶著充滿威嚴的表情相告。

雪菜恍然大悟地看向拉・芙莉亞。她對銀髮少女的真實身分，似乎已經心裡有數。

拉・芙莉亞惡作劇般笑著回看這樣的雪菜。那是與年紀相襯的少女笑容。

「我乃是北歐阿爾迪基亞國王，盧卡斯・立赫班的長女拉・芙莉亞——在阿爾迪基亞王國身居公主之位。」

拉・芙莉亞執起裙襬優雅地行禮。

古城只能目瞪口呆地看著自稱公主的少女。

第四章 公主們的戰場

Faux-Angel

1

少女在光芒中淺寐。

在意識稀薄的她耳裡，唱誦得有如壯麗音樂的咒語正不斷響起。

迷人的光與音構成洪流。散發光芒的是刻印在她肌膚上的複雜魔法紋路；奏出樂音的則是她自己的歌喉。

叶瀨夏音展開不對稱的醜陋翅膀，在光芒中作夢。

她明白自己正逐漸轉變成非人的異形。

不用別人說她也知道，當轉變徹底結束，叶瀨夏音就會從這個世界上消失。

對於這一點，夏音不覺得悲傷和害怕。本來就該如此，她只是遵從神訂定的世界法則。

微微殘存的意識中，獨留一絲安詳。

她幫助的小小生命，那份帶著些微溫暖的記憶。

她會那麼執著地想救那些被無情飼主捨棄的小貓，也許就是將牠們幼小的身影和不認得父母臉孔的自己疊合在一起的關係吧。或者那是自己無意識的心願，為了在徹底消滅以前留下曾經活在這世上的證明——

無論如何，她的願望達成了。哪怕名為叶瀨夏音的少女被所有人淡忘，她所救的貓咪們仍會繼續編織生命的絲線。

這樣她就沒有遺憾了。即使這雙沾滿同族鮮血而受到詛咒的手，將永遠失去將牠們抱進懷裡的機會——

徹底陷入沉眠的前一刻，夏音突然回想起——

她想起在最後呼喊她人類名字的那個少年。

眼裡閃耀深紅色光輝，還操控著散發龐大魔力的使役魔。即使如此，他仍惦記著正要咬碎同類喉嚨的夏音而放聲呼喊。

那身影和笨拙地抱著貓咪的少年重疊在一起。

對啊……記得他是……凪沙的……

「大哥……」

夏音的意識在光芒中淡出消失。

持續沉睡的她，眼裡滴落一顆淚珠。

2

那艘船停泊於紘神島近海約二十公里處的海上。

魔導士工塑名下的商用貨船「阿瑪戈沙」。

它原本是用來將工廠生產的作業機械出口至國外，不過廣闊船艙目前積載的倒只有一艘登陸艇，還有數十架戰鬥用的機械人偶。老朽的船體已經卸下原本職務，現在則是出借給叶瀨賢生用於研究。

「啊～～好悶……穿這套衣服，肩膀果然會痠，而且又熱……」

碧翠絲．巴斯勒腳步慵懶地走下生鏽的樓梯。她親自駕駛聯絡用的小艇，剛從紘神島移動到船上沒多久。

脫掉織工一流的外套同時，碧翠絲將襯衫鈕釦從上依序解開。豐滿的胸脯變得更顯眼以後，她隨手解開頭髮。研究主任的知性面具被扒下，尖銳的本性一覽無遺。

她解開訊號中斷的魔族登錄證，然後打開厚實的金屬門。將船艙改造後新增的氣密區，叶瀨賢生用來進行魔導儀式的實驗室大門。

「這艘實驗船還是一樣沒情調，餐點又難吃，虧你能窩在這種地方。」

碧翠絲環顧被叶瀨賢生稱為「祭壇」的實驗室，缺乏感慨地說。

狹窄的房間裡塞滿許多醫療器材，看起來既像大醫院的加護病房，也像處理危險細菌的實驗室，或者也像供奉神的莊嚴神殿。

不管怎樣，對身為魔族的碧翠絲來說，這地方都與舒適一詞相距甚遙。

「我做的是非法實驗。沒辦法。」

應聲回答碧翠絲的是個站在房間深處的男子。

男子有張嚴肅的臉，黑髮間雜白髮，年紀差不多將近五十。

男子個頭不算大，卻莫名具有威嚴感。也許那是因為他的外表令人聯想到虔誠的聖職者所致。

不過他既非僧侶也非牧師。男子懷有的信念反而與那些人處於對極。他鑽研鍊金術及魔法，是企圖親手創造出奇蹟並藉此改革世界的人。

換言之，他是魔導技師——叶瀨賢生。

「雖說在意料中，第五階段以上的模造天使(Faux-Angel)啟動時產生的瘴氣量太大。就算是在『魔族特區』，排放出這麼大量的瘴氣，免不了要被特區警備隊強制搜索。」

賢生毫不厭倦地望著正面的玻璃窗說道。

重重加裝的強化玻璃另一邊，有個少女沉睡著。

純白牆壁、刻有聖言的大理石床。在醫療電子儀器圍繞下擺著七張床，不過沉睡的少女只有一個。現在只剩她而已。

「——所以說，現在怎樣了？『贗天使』狀況如何？」

碧翠絲語氣不顯關心。賢生頭也不回地回答：

「進行順利。導向外部靈能中樞的小徑也穩定下來了。上次戰鬥的損傷還留有一些，不過今晚應該就能痊癒。」

「我聽說那副面具在戰鬥中壞了喔。」

碧翠絲望著持續沉睡的少女並興師問罪。

少女美麗的臉孔，本來應該要被金屬面具掩蓋。

「影響輕微，沒問題。到達第七階段時，思考拘束器(Blinker)會失效是原本就預料到的。」

「是喔。這樣的話，你打算怎麼操控那個怪物？」

「操控……？那怎麼可能辦得到。」

回過頭的賢生臉上微微浮現嘲笑般的神色。

「即使屬於贗品，那依舊是神的使者。抵達這個階段的模造天使一旦被解放，就無異於天災了。最好別以為可以把她們當道具操控。」

「……這我可沒聽你說過。」

碧翠絲挑起細眉。

叶瀨賢生想創造的東西，對身為贊助者的魔導士工塑來說只是商品而已。作為商品，無法操控的道具根本不具價值。

「用不著擔心，把這當成炸彈的一種就行了。覺醒後的模造天使會順從本能與敵人交手，達成使命後就上天堂去了。名符其實的升天。」

「啊……是這麼回事嗎……哎，這樣的話倒還是能賣。」

碧翠絲粗魯地撩起頭髮低喃，然後又看向躺在床上的少女。

銀髮女孩張開不對稱的醜陋翅膀。她是過去被稱作叶瀨夏音的少女。

「結果，活下來的只有你的『女兒』。感想如何？」

「我從一開始就料到了。」

賢生撇清關係似的淡淡開口。

「沒任何差錯。基體素質上的差異。」

「縱使出身不貞，你女兒終究是皇室的血脈嘛。」

碧翠絲嘲弄般笑了。

賢生原本不帶感情的眼裡，多了一絲類似憤怒的冷冷光芒。

「……妳是專程過來說這些廢話的嗎？ＢＢ？」

ＢＢ——碧翠絲．巴斯勒誇張地聳肩否認。

「我們逮到第四真祖了。」

「就是那個世界最強的吸血鬼？闖進上次『儀式』的，果然是真祖？」

「畢竟他身邊有獅子王機關的劍巫擔任監視者啊……先不管那傢伙是不是正牌的第四真祖，能用來替新產品背書可是求之不得的好事。總公司那些人也樂見其成吧。」

碧翠絲雀躍地說。賢生經過長時間沉思，口氣沉重地反問：

「第四真祖人在哪？」

「金魚缸啊。那地方你知道吧？供機械人偶實彈演習的場地。要將他連同整座島一起轟沉也行喔。」

「好吧。拿來當最終進化的觸媒，算是無話可說的對手。」

賢生鄭重地點頭答應。碧翠絲露出嫣然微笑，然後轉身。

「說定囉。我去叫船長開船——」

這時，碧翠絲的胸口響起短促電子音。辦公用的無線行動裝置收到訊息了。她朝液晶螢幕上顯示的短訊瞥了一眼，然後意興闌珊地從鼻子哼聲。

「怎麼？」

「霧島傳來的。人似乎找到啦。阿爾迪基亞的那隻母豬好像也漂流到金魚缸了……哎，從位置來看正如所料。」

「拉．芙莉亞公主嗎……沒想到她還活著，運氣真是好……不對，也許對她而言只是無謂地讓痛苦拖長罷了。」

賢生嘀咕得若有深意，接著便同情公主般嘆氣。碧翠絲將卡片狀的無線行動裝置硬塞進胸口，刻薄地瞇著眼說：

「這樣就能毫不保留地將叶瀨夏音（XDA-7）操到壞啦。」

「是啊。」

賢生面無表情地看著持續沉睡的夏音，沉重地點頭附和。

「是啊……說的沒錯。」

3

拉．芙莉亞搭乘的逃生艇是被沖到島嶼西側海岸，從紘神島看去屬外洋方向。隔著島中間的泉水，她的落腳處正好位於古城他們那座碉堡的相反側。

「原來妳真的是公主……」

古城看著留在沙灘的逃生艇，感觸深刻地說出感想。

「我為什麼要說謊？」

拉・芙莉亞看著思緒混亂的古城，歪頭表示不解。

由於是皇家專用船艦的裝備，她那艘逃生艇款式豪華得嚇人。

被塑膠殼包裹的蛋型本體，還有自動膨脹的橡膠浮具。光從形狀來看，和古城想像的逃生艇形象離得並不遠，然而——

畢竟外層鑲的是純金，不會生鏽、不受腐蝕、導電性優秀而耐雷擊，這些似乎是選為材質的理由。

逃生艇內層則是真皮，窄雖窄，仍備有體面的床鋪，飲用水和食物自是不提，裡頭舒適得連溫水免治馬桶都一應俱全。

古城覺得會搭乘這種逃生艇的人，除皇室成員以外不作他想。儘管已漂流數日，拉・芙莉亞仍一身乾淨清潔，這也是可以理解的。

「我要怎麼稱呼妳？叫殿下嗎？」

古城啃著從公主那邊分來的緊急糧食問道。她有些生氣地說：

「請叫我拉・芙莉亞，古城。殿下、公主還有皇女我都聽膩了。至少我不希望讓異國的朋友用那種死板的稱呼叫我。妳也一樣喔，雪菜。」

「咦？那個，可是……」

雪菜看似驚訝地搖搖頭。她算是政府公務人員，對那種過分親暱的距離感應該難免會抗拒。然而不知道拉・芙莉亞是怎麼想的，她看了雪菜的反應以後——

「對了……也可以取綽號呢。」

唔——如此咕噥的她一臉認真地陷入沉思，接著又得意地微笑著表示：

「比如說，把我的名字改成和風的『小芙芙』——那就可以接受了。呵呵，不要看我這樣，我對日本文化也很熟悉喔。」

「……不，請恕我用大名稱呼妳，拉・芙莉亞。」

雪菜認命般說道。產生危機意識的她八成是害怕這樣鬧下去，可能真的得用胡鬧的綽號稱呼對方。公主的日文確實說得相當流利，但至少那個綽號並不能歸類為和風。

附帶一提，雪菜已經取回原本正在洗的制服，也換上了。常有驟雨的風土氣候，使得彩海學園選用快乾的布料做制服。

「所以，妳怎麼會在這種地方？」

古城總算塞了東西果腹以後又問。儘管時間已經接近黎明，但他們才剛結束一場槍戰，實在還沒有睡意。

「我的船在拜訪絃神市途中被擊墜了。」

拉．芙莉亞若無其事地說。驚訝的反而是古城。

「擊墜……？」

「該不會是魔導士工塑下的手？」

古城和雪菜各自問了。

「沒有錯。恐怕是為了綁架我吧。」

彷彿哀悼著那些犧牲的部下，拉．芙莉亞微微垂下目光點頭。

載著她的裝甲飛行船遭到擊落是在六天前。當晚絃神市正好發生「面具寄生者」風波。

那一天，據說拉．芙莉亞在護衛騎士團陪同下，正要前往絃神島。後來當船航經這一帶海域，卻突然遭受襲擊。

深夜朝高度一千公尺發動的奇襲。

落於被動的騎士團喪失大半戰力，那些侍從認清局勢不利，便動手將拉．芙莉亞塞進逃生艇。她還來不及抵抗，逃生艇就被發射落入大海。

拉．芙莉亞似乎曾在洋上流浪兩天多，然後才漂到這座無人島。

「……魔導士工塑那些人是打算要求贖款嗎？」

抱著單純疑問的古城問道。魔導士工塑身為民營企業，居然會雇用魔族攻擊一國皇室的船，他想不到別的理由。

拉．芙莉亞卻靜靜搖頭。

「他們是覬覦我的身體——阿爾迪基亞皇室的血脈。」

「……血脈？」

「是的。因為生於阿爾迪基亞皇室的女子幾乎無一例外，全是能力強大的靈媒。」

「靈媒……是指巫女嗎？」

古城說著朝雪菜瞄了一眼。

由獅子王機關發掘出來的雪菜應該同樣是資質優秀的巫女。實際上，古城就近看過她使用靈視力及神靈附體，因此十分了解那有多強勁。不過連如此優秀的雪菜都沒被人覬覦，那麼拉．芙莉亞身為靈媒有多大能耐，古城已經無法想像。

彷彿要回答古城的疑問，拉．芙莉亞繼續說道：

「——受聘於魔導士工塑的叶瀨賢生，過去曾是侍奉阿爾迪基亞皇室的宮廷魔導技師。他通曉的眾多魔法奧義都需要皇室成員的靈媒能力。大概是因為如此，他們才會冒著風險想將我擄走。」

「妳說的叶瀨賢生……是叶瀨夏音的父親嗎？」

意外聽到的這個名字讓古城倒抽一口氣。

拉．芙莉亞臉色不改，回看他說：

「他並不是叶瀨夏音的親生父親。」

「這個我知道。叶瀨說過她小時候住在修道院。」

大嘆一聲的古城重新看向公主。他從正面盯著她那雙淡藍色眼睛。

「……妳和叶瀨夏音是什麼關係？為什麼妳們會這麼像？」

「我們長得像嗎？我倒聽說日本人不太會分辨西洋人的長相。」

拉．芙莉亞眨著眼反問，似乎並沒有刻意裝蒜的意思。

「這不是那種層次的問題！再怎麼說也太像了吧！」

古城忍不住逼近公主面前大吼。

拉．芙莉亞凝望著他，沉默下來。與其說她隱瞞著什麼，那種沉默更像在猶豫是否該說破個人的重大祕密。

「叶瀨夏音的真正父親，是我的祖父。」

「……祖父？妳爺爺嗎？」

古城不太能理解話中含意，只好鸚鵡學語般反問。拉．芙莉亞的祖父，是指阿爾迪基亞的前任國王？

「十五年前，我祖父和住在阿爾迪基亞的日本女性生了一個女兒，那就是叶瀨夏音。」

「……咦？」

「當然那對我祖母——當時的王妃來說等於外遇。叶瀨夏音的母親生產後，不想給我祖父添麻煩，於是回到了祖國日本。後來我祖父知道了這件事，就命人為她建造——」

「扶養叶瀨長大的那間修道院……對不對？」

雪菜接在拉．芙莉亞後頭搶先說了。她從遇到和夏音酷似的異國公主時，就隱隱約約料到這一點了。

古城想起悄悄佇立在公園一隅的修道院模樣。

拉．芙莉亞表示，那棟修道院是專為夏音的母親所建造。

既然如此，夏音的母親應該也會住在那裡。

這表示夏音原本是和親生母親住在一起，只不過她本人沒有表明身分。或許夏音的母親一直都在女兒身邊守護著她。然而——

「等一下，妳的祖父是阿爾迪基亞的前任國王吧？如果那個人是叶瀨的父親，那叶瀨的輩分——」

「自然就是我的姑姑呢。」

拉．芙莉亞的回答只讓古城更加混亂。從外表看來，公主的年紀差不多十七、八歲，明顯比夏音年長。可是對夏音而言，拉．芙莉亞似乎是她的姪女。總之，她們兩個是血緣關係

相當接近的親戚，換句話說——

「雖然她沒有王位繼承權，還是屬於皇室的一員沒錯。」

「皇……皇室，這……」

「前些日子，曾為我祖父心腹的重臣過世了，他的遺言讓叶瀨夏音的存在因而見光。我的祖父逃之夭夭，祖母則大動肝火……嗯，王宮裡目前有些混亂。但是，我們總不能就這樣對她置之不理。」

公主難得軟弱地嘆息。

古城無言地仰望黎明前的天空。夏音是異國之主的女兒，事情規模太大讓人體會不到真實感，使得古城異常冷靜。

「所以妳才打算去絃神市？」

「是的。原本預定我會代替祖父去接叶瀨夏音。」

拉．芙莉亞淡然頷首。古城忽然想起幾天前深夜裡的一通電話。

「這麼說來，我聽煌坂提過。她原本要護衛來自阿爾迪基亞的貴賓，卻出了意外。等一下，原來那指的就是妳嗎？」

「現在談到的是獅子王機關的煌坂紗矢華吧？就是你那個情婦。」

拉．芙莉亞用充滿好奇心的使壞表情看了古城。

「……情婦？」

「我聽說她也是第四真祖的情人之一。據聞你們之間有肉慾橫流的淫猥關係。」

古城猛烈咳出聲音。雪菜從旁射過來的視線冷冷扎在他身上。

「——哪有那種事！是誰散播那種不負責任的流言！」

「是迪米特列·瓦特拉告訴我的。那個戰王領域的貴族。」

公主爽快地招出禍首——這名字倒也令人意外就是了。

「那那那……那個男的！慢著，為什麼妳會認識那種傢伙？」

「我們之前有國際往來。因為阿爾迪基亞有一部分的國境和他的領地相接。」

「唔……」

古城已經出不了聲。說起來，那個擾人清閒的戰鬥狂確實也是不折不扣的貴族。阿爾迪基亞王國以及戰王領域的奧爾迪亞魯封地——名字感覺也有點類似。

「妳說過叶瀨賢生使用的魔法，需要阿爾迪基亞皇室成員的力量對嗎？」

代替無法從動搖中振作的古城發問的是雪菜。

拉·芙莉亞神情嚴肅地點頭。

「我知道養育叶瀨夏音的修道院曾在五年前發生事故，那大概是年幼的她在不自覺間讓靈媒力量失控的關係。賢生應該就是因為那起事件，才發現她是阿爾迪基亞皇族。」

「所以他才會收叶瀨當養女嗎？就為了拿她在自己的魔法儀式中當靈媒。」

古城表情苦澀地嘀咕。叶瀨父女間的關係，正如他們所能料到的最糟情形。

「……古城，你知道賢生進行的是哪一種魔法儀式嗎？」

從拉・芙莉亞詢問的嗓音中聽得出之前未有的嚴肅。

古城懾於其威嚴，也跟著繃緊表情。

「我們看到時，叶瀨她……已經變成怪物般的模樣，正在和自己的同類自相殘殺。」

「這樣嗎？賢生果然是想製造『模造天使』。」

「……模造天使？」

陌生而不祥的字音讓古城蹙眉。

「那是賢生長久以來研究的魔法儀式。藉人工手段引發靈格進化，使人類脫胎換骨變成更高階的存在就是那種儀式的目的。」

「叶瀨那副模樣，也算是靈格進化的存在嗎……？」

古城恍惚地睜大眼睛，無力搖頭。夏音張開不對稱的醜陋翅膀，咬碎同類喉嚨的那副模樣始終離不開他的腦海。說那是靈格上的進化，甚至命名成天使，到底有誰會相信——？

「————！」

當古城和拉・芙莉亞在令人窒息的沉默中對望時，雪菜忽然起身。她手握的銀槍流暢地展開鋒刃的餘韻猶若在耳。

「姬柊？」

「有船來了。」

雪菜對受驚回頭的古城他們這麼說。她望著的海平線上，有一艘黑色船隻在行進間濺起水花。那和古城摧毀的一樣，屬於軍用登陸艇。

「那艘船……又有機械人偶來了？」

倍感生厭的古城咕噥。

機器驅動的那些士兵不管來襲幾次都一樣，古城的眷獸會將它們連根摧毀。

拉．芙莉亞的逃生艇裡頭裝有發射求救訊號的發訊機。顧慮到訊號被魔導士工塑從旁接收的風險，之前她似乎並未使用，但現在既然和古城他們會合，就沒有必要害怕敵人了。畢竟搜索公主的救難隊八成已被派到鄰近海域，只要發射求救訊號，他們應該立刻會趕來。

所以，魔導士工塑那些搶來也派不上用場的無人艇，可以毫無顧忌地擊沉。古城這麼想著，立刻準備召喚眷獸。然而——

「不對，那個是——」

雪菜像是要阻止古城出手。

看見雪菜用手指著的東西，古城這才明白她聲音裡帶著困惑的原因。

造型粗線條的登陸艇甲板上，站著熟悉的人影。

高大的美女以及面有怨色的消瘦男子。是碧翠絲和霧島。

古城發現他們朝這裡揮著的玩意，感到有些頭痛。

那是一塊巨大的素色布料——象徵停戰之意的白旗。

4

巧的是，碧翠絲他們的登陸艇靠岸時，和幾小時前機械人偶登陸都在同一處河口。

那塊地方被古城用眷獸燒過，變成玄武岩肌理裸露於外的平坦地形，因此大概只是因為船隻方便停靠罷了。

最先下船的是碧翠絲。皮革製的深紅色緊身衣，讓她豐滿的身材曲線表露無遺。

接在她之後，有個貌似聖職者的黑衣男子登上陸地。

最後，霧島肩上還扛著大得誇張的旗竿，從甲板上探出臉來。

「嗨，傻情侶，你們看來精神不錯嘛。有相親相愛嗎——？」

「……洛・霧島……你居然還有臉過來。」

被古城殺氣騰騰地一瞪，霧島連忙揮起白旗。

「慢著慢著，我說過，要恨就恨那個女的，我只負責跑腿打雜啦。」

被部下推卸責任的碧翠絲則慵懶地撥著頭髮。

面對她那嫵媚頹美的姿色，古城忘了原本要發的牢騷而噤聲。不知為何，雪菜用責備般的眼光看著他。接著——

「好久不見了，叶瀨賢生。」

毫無防備往前走去的拉・芙莉亞看著黑衣男子說道。

叶瀨賢生手抵著自己的胸口，恭敬地行禮。

「小的向殿下請安……七年沒見了吧。您現在真是國色天香。」

「將我的親人當成儀式的供品，虧你能厚顏講出這些話。」

拉・芙莉亞語氣冷冷地回答。但賢生不改表情。

「承您所言，殿下。但我對神發誓，我不曾虧待夏音。我不能不將她視如己出的理由——您現在應該明白才是。」

「照你言下之意，你就是想將親如女兒的她塑造成非人之物？」

拉・芙莉亞的語氣中帶有指責之意。

「不如說，正因為她像我的親女兒才能參與這一切。」

聽了賢生不感愧疚的這番話，銀髮公主發出嘆息。

「叶瀨夏音在哪裡？賢生？」

「我們準備的模造天使基體有七人。其中三人是由夏音親自打倒，連中途落敗者算在內，她已得到六個靈能中樞。加上人類與生俱來的七個靈能中樞，總數為十三。其間相繫的小徑總數是三十條。這是人類將本身靈格向上提升一階所需的最低數目。」

賢生仔細地為眾人解說。那滔滔不絕的的口吻，確實具備以往曾任宮庭魔導技師的風範。聽完他自顧自的說明，雪菜忽然臉色蒼白。

「難道說……！」

「姬柊？」

「叶瀨就是為了這個才將自己的同類……！你居然做出……這種事……！」

雪菜睜大的眼睛裡盈現出恐懼、驚愕，以及對賢生的憤怒之色。她很少像這樣對別人表露出如此強烈的情緒。即使古城無法理解賢生的說明，光是這點就足以令他動搖。

「模造天使的儀式是應用『蠱毒』而來。讓候補人選互相殘殺，由存活者吞下對手的靈能中樞，納入自己體內。不過這裡所謂的『納入』，是指靈格層面的吞併——到最後就能創造出存活下來的最佳個體。」

拉·芙莉亞為困惑的古城說明。

「靈能中樞也被稱為查克拉，就好比藉靈力催發奇蹟的迴路。」

賢生接著她的話繼續說下去。

「所有人類都具備相同迴路，但是能啟動的人不多。即使是一流靈能者，可以動用到能力的三成應該已屬上乘。如果能盡數運用可會成為覺者，並獲得等同神佛的力量啊。」

嘲語間，賢生了悟般的神情帶著某種哀愁。

拉・芙莉亞依然冷冷地瞪著他又說：

「既然迴路的出力不夠，增加數量就行了，這是賢生做的假設。模造天使的七個候補人選，各自擁有一具以魔法強化至人體極限的靈能中樞。接著再讓她們從其他候補人選身上，將靈能中樞奪取到自己體內——」

「如此就可以讓靈格進化，而不會導致人類肉體的靈能容量超載。那將是比人類更接近神的存在，亦即天使。」

聽完公主和賢生交互說明，古城總算明白了。強行將人類拉上天使層級——這項魔法儀式確實正如拉・芙莉亞之前所說，夏音為何會吞食她所擊敗的同類肉體，也能得到解釋。

「但是，你們公司幹嘛資助那項儀式？魔導士工塑不是生產清潔機器人的廠商嗎？」

古城瞪著霧島問了。儀式的真相水落石出，可是古城不懂普通的營利企業基於什麼理由，要提供資金及人才給那種違背人道的實驗。

「面具寄生者」之間的戰鬥也屬於儀式一環，那已經對絃神島市區造成莫大損害，即使是在「魔族特區」也不會被允許。這種行為徹底違法。

「呃……這個嘛，我們公司不太妙啦……在經營狀況方面。」

「啥？」

「像清潔機器人那種玩意，價格競爭兇，技術革新又快，利潤卻少得很……走投無路之下只好試著研發戰爭用的機械人偶，結果更是賣不出去。哎，公主大人射一發咒式槍就東倒西歪，性能糟成那樣，怪不得沒銷路就是了。為了進行實彈演習，我們公司還曾大手筆包下這座島。」

霧島摳著鼻頭說。古城聽了他這番扯得有點遠的藉口，只能皺著臉。

接著霧島語帶諷刺地笑道：

「所以囉，我們是把公司的命運賭在那些用來當兵器的人工天使上啦。」

「你說……兵器？搞什麼鬼……那是什麼意思？」

古城背脊竄上一股寒意。

包括那月的攻擊、雪菜的長槍，甚至連古城的眷獸也無法觸及「面具寄生者」——

假如那並非用於靈格進化的實驗體，而是純粹作為兵器量產，會有什麼後果？不用想，答案再明白不過。那肯定會輕易顛覆既有的軍事平衡，成為最強的兵器，買主自然要多少有多少。

「唉……夠啦，麻煩斃了。這種細枝末節無所謂啦，反正小鬼頭也聽不懂。一會兒講經營公司的困難，一會兒又講受雇的魔族有多苦，還不是白搭。」

原本保持沉默的碧翠絲，像是滿肚子火般撂話。

「總之就這麼回事，我來轉達我們公司的要求。首先，阿爾迪基亞的公主，別再做無謂的抵抗，向我們投降吧。不要緊，只要妳乖乖聽話就不至於要妳的命。」

「區區企業的走狗也敢指揮我？妳還真瞧得起自己。」

拉．芙莉亞用鄙視的眼神看著碧翠絲。

碧翠絲揚起朱唇，猙獰地露出犬齒。白色獠牙大得不甚自然。

「口氣很狂妄嘛，臭母豬。沒關係，我並不打算立刻幹掉妳。相反的，我要讓妳爽到寧願死。」

她一臉殘忍地舔著嘴唇，慵懶的目光看向古城等人。

「另外，我給你們兩人機會。」

什麼意思——如此質問的古城瞪著碧翠絲。

然而採取行動的卻不是她，而是賢生。賢生從黑衣裡掏出小型遙控裝置，霧島看他那麼做，也跟著將擱在甲板上的貨櫃打開。

那是形狀類似棺材的氣密貨櫃。

躺在裡面的嬌小少女在白色冷霧籠罩下緩緩起身。

仿若病患服的樸素衣著；裸露的纖瘦手腳；垂落的銀髮；不對稱的醜陋翅膀。

「——叶瀨！」

「叶瀨？」

古城和雪菜同時朝從沉睡中醒來的少女大喊。

碧翠絲眼裡並無感觸，看著他們說：

「第四真祖，還有獅子王機關的劍巫。你們兩個可以一起上不要緊，能不能認真和那個女孩交手？」

古城聽了氣得發愣。

「——開什麼玩笑！為什麼我們非得這麼做？」

「已經夠好懂了吧？要用來推銷啊。我們公司的『贗天使』可以宰掉世界最強的吸血鬼——就這麼簡單。」

碧翠絲像是看著教不好的小孩，一臉煩悶地說了。

雪菜朝她發出淬鍊利刃般的鬥氣。

「妳打算將叶瀨當成兵器販賣？」

「猜得不太對，但是也不遠了。」

碧翠絲懶散地格格笑著，瞇起眼睛說：

「要是你們不想打，那也無所謂，乖乖等死就好了。真可惜，如果能平安活下來，原本我還想放你們一條生路呢——而且你們自己看，她好像已經卯足幹勁囉。」

「什麼……！」

察覺到夏音身體湧出的異樣瘴氣，古城愕然驚呼。

她張開不對稱的翅膀，緩緩浮起。睜開的眼睛裡看不出情緒，瞳孔並未對焦。

「你甘願如此嗎？賢生？」

拉・芙莉亞凝視手握搖控裝置的賢生，開口質疑。

彷彿想逃避公主的視線，賢生轉過身朝裝置出聲喚道：

「啟動吧，XDA－7。這是最後一次儀式。」

5

剎那間發生了什麼，古城並沒有立刻理解。

張開翅膀的夏音往上浮起——這麼想的瞬間，有道銀色閃光從旁穿過古城的視野一角。閃光的真面目是雪菜的槍。手握「雪霞狼」的雪菜勢如彈丸，縱身將槍鋒刺向夏音。能癱瘓魔力、斬除萬般結界的降魔長槍。

既然夏音是透過魔法儀式製造的人工天使，只要癱瘓她身上的魔法就行了。雪菜應該是這麼想的，於是她趁夏音啟動前的一絲空檔，試圖實踐自己的想法。但是——

「唔——！」

槍尖觸及夏音肌膚的瞬間，遭彈飛的卻是雪菜。震退的勁道和衝刺時同樣猛烈，她將長槍扎入地面才勉強讓自己平安著地。

「這是？」

雪菜護著因反作用力而麻痺的手，神情驚恐地低呼。

夏音對這樣的她連看都沒看一眼，若無其事地飛向天空。

「神格振動波驅動術式……獅子王機關的祕藏兵器『七式突擊降魔機槍』嗎？」

賢生望著雪菜那柄散發銀光的槍，一臉滿足地咕噥。

「那只是白費力氣。以人手創造出的神能波動，沒道理對具備真正神性的模造天使造成傷害。」

「怎麼……可能……」

雪菜緊咬嘴唇。她那柄連真祖眷獸都能擊斃的長槍，第一次像這樣徹底失效。縱使是雪菜也難掩心中動搖。

即使如此，雪菜又迅速做出下一項決定。她轉向手裡拿著遙控裝置的賢生，再次拔腿衝鋒。既然沒辦法阻止模造天使的本尊，只好除掉控制天使的施術者。這項結論要說當然倒也當然，不過雪菜的判斷之快仍值得稱許。

然而她揮舞的槍卻被一道深紅色鋒芒攔下。

「——我說啊，妳的對手不在那邊。」

懶散嘀咕著擋到雪菜跟前的，正是碧翠絲。

宛如鮮血湧現，碧翠絲手裡冒出一柄紅色尖槍，槍身全長甚至凌駕身高挺拔的她。

碧翠絲和雪菜的身高差距近二十公分。相較於一身深紅色緊身衣的肉感美女，穿著制服的雪菜顯得弱不禁風。即使同樣持槍擺出架勢，威迫感仍有大人及孩童般的差距。

但雪菜毫不畏縮地拉近敵我間距。碧翠絲那柄深紅色尖槍正散發出兇惡強烈的魔力波動，肯定是藉由某種魔法所創造出的武器。若然如此，那柄槍應該就敵不過擁有「雪霞狼」的雪菜。降魔長槍的一擊會將深紅色尖槍瞬間消滅才是——

碧翠絲放聲大笑，彷彿嘲弄著雪菜那番估量。

「『蛇紅羅』！將她做成肉串！」

「——唔！」

雪菜繞轉槍尖，勾住碧翠絲的深紅色槍身——即將打落敵人兵器的前一刻，深紅色尖槍卻如蛇身蜷彎，從不可能的角度對雪菜發動攻勢。

雪菜能閃過這次奇襲，得歸功於劍巫用來預知下一瞬未來的靈視能力。

在碧翠絲手裡，深紅尖槍像生物般不斷變形，接連從死角攻向雪菜。無關距離、招式，甚至碧翠絲這個使槍者的動作，她的武器會自己發動攻擊。

「難道說——是眷獸化身成長槍？」

「這玩意是『活武器（Intelligent Weapon）』啦……並不算多稀奇的東西吧？」

碧翠絲不顯驕傲，只用無感情的嗓音告訴雪菜。其間深紅尖槍仍不斷反覆突刺，雪菜則將那些招式一一擋下。

古城只能感到非常震驚，已經無法掌握尖槍的攻擊。

「長成武器模樣的眷獸……？」

碧翠絲是吸血鬼，這一點古城也隱約察覺到了。她恐怕和瓦特拉屬於不同血族，大概是「第二真祖」或「第三真祖」的末裔。

當然，古城也不是頭一次遇到自己以外的吸血鬼。和迪米特列・瓦特拉那種「舊世代」吸血鬼相比，她的眷獸可說攻擊力貧弱。

然而，只擁有貧弱眷獸的碧翠絲卻讓雪菜屈居下風。身兼長槍及使役魔——她那頭眷獸的特質就是如此具威脅性。

基本上眷獸強大過頭的攻擊力用於對付單人幾乎沒意義，就像敵我不分地發揮破壞力的炸彈。但是碧翠絲的「長槍」能將所有攻擊力集中於一名敵人。哪邊有效率根本不必想。

「好啦……那我們也來把差事處理掉吧。」

霧島確認雪菜面對碧翠絲正陷入苦戰，就跟著跳下船。

散漫的他仍把手插在口袋裡，並朝拉．芙莉亞走近，用意大概是要照預定將公主逮住。

拉．芙莉亞從腰際拔槍。那並非她愛用的咒式槍，而是普通衝鋒槍。大量使用樹脂材質的槍身較為小巧輕便，在她的纖纖玉掌中也一樣合手。

「給我退下，獸人。」

拉．芙莉亞幾乎在警告的同時開槍。極近距離下的自動射擊，瞬間射完的十七發彈雨全落向站得毫無防備的霧島。

「琥珀金彈頭嗎？不錯的子彈。但是……可惜啊。」

霧島笑著用獸化的手將接住的子彈撒在腳邊。他消瘦的身材在膨脹後大了一圈，逐漸變成毛色漆黑的獸人。

「為什麼要靠這種便宜貨？皇室自豪的咒式槍沒子彈了嗎？公主大人？」

霧島用挖苦的口氣問道。拉・芙莉亞默默後退並換上預備彈匣，替衝鋒槍重新裝彈的手靈巧得不像公主。

然後，她震驚似的望向霧島背後的天空。

大概是受她的反應吸引，霧島跟著將目光轉向頭頂。浮在空中的，是全身魔法紋路正散發光芒的叶瀨夏音。

「Ｋｙｒｉｉｉｉｉｉｉｉｉｉｉｉ——！」

夏音的嗓子發出尖銳嘶鳴。

人類的聲帶絕對無法發出那淒絕悲愴又具聖性的莊嚴尖叫。

包覆夏音的光芒更顯浩大。她那已經變成異形的肉體，開始進一步改頭換面。

長滿口腔的尖牙紛紛脫落，原本稚氣的面容也逐漸變成具現黃金比例的美麗臉孔。不對稱的醜陋翅膀被取代，新長出的三對美麗翅膀璀璨耀眼。

浮現於翅膀表面的是巨大眼球。

那隻「眼睛」透露出看透一切的虛無感情，睥睨著地上。

「這就是……模造天使……？」

古城被夏音放出的攻擊性波動壓倒，嘴裡咬牙作響。

皮膚灼熱疼痛，讓吸血鬼化的肉體叫苦。壓倒性的魔力和夏音被人喚作「面具寄生者」

時根本無法相比。

不對，那已經不是魔力了，應該稱為「神氣」。

「請你小心，學長！她的目標是——」

持續和碧翠絲對峙的雪菜大喊。

模造天使出現，使地上的戰況趨於平穩。

霧島依然抬著頭，將逮住公主的差事擱在後面；碧翠絲似乎也沒有勉強和雪菜交手的意思。就結果而言，他們應該也在守候模造天使的動靜。

「Ｋｙｒｉｉｉｉｉｉｉｉｉｉｉｉ——！」

夏音再度嘶吼，在她翅膀上的眼球同時散發太陽般的刺眼光芒。

釋放出的閃光形成巨大光劍，由上空朝古城傾注而下。

「住手……叶瀨！」

黃金之劍插進大地，引發巨大爆炸，將驚人破壞力帶到地表。堅硬的岩床碎散變成粉塵，紅蓮火焰肆虐過境。

夏音的攻擊並未就此結束。六片翅膀每次拍動，睜開的巨大眼球都會釋放閃光。接二連三射向地面的光束明顯都是瞄準古城而來。

吸血鬼是由眾神詛咒的「負之生命力」聚合而成，在身為神明使者的模造天使眼裡，應該就像非消滅不可的「天敵」。何況碰上真祖，敵對程度自然更甚。

「可惡──迅即到來，『獅子之黄金』！『雙角之深緋』──！」

古城已無選擇的餘地。要是夏音繼續攻擊，這整座島八成再過不久就會被消滅。即使動用眷獸也要先阻止夏音，不然連雪菜和拉．芙莉亞都將跟著喪命。

「叶瀨！」

籠罩雷光的黄金獅子以及振動波聚合而成的緋色雙角獸，朝著飛舞於半空的天使展開突擊，個別力量皆等同天災的「真祖」眷獸同時出手攻擊。

那波攻勢帶著龐大魔力，卻沒能傷到夏音的身體。

所有攻擊都穿過模造天使，其身軀只出現蜃景般的光影搖盪。被劃破的大氣發出尖銳聲響，雷光貫穿蒼穹，但夏音仍繼續悠然飛舞。

「沒用的，第四真祖。」

賢生向古城喊話。

他帶著一副開悟般的表情，心如止水地看著夏音的身影。對於自己創造出的模造天使，他體會不到任何興奮及喜悅。

「現在的夏音已逐漸進入異於我們的高度次元，哪怕你的眷獸擁有多麼傲人的龐大魔力，也無法摧毀不存在於這個世界的東西──」

「唔……」

即使被賢生用同情眼光看待，古城也沒有餘裕回嘴。

因為模造天使的六片翅膀又用巨大的眼球對準古城了。

近似陽光的壓倒性光芒將他照亮，不留一片影子。

「叶瀨——！」

古城嘶吼著將手伸向頭上的夏音。隨後，閃光將他貫穿。

所有聲音都消失了。

伴隨著劇烈衝擊和火焰穿過古城心臟的光，將眾人的視野染成全白。

在這片純白世界中，他的身體緩緩仰天倒下——

「學長！」

「古城！」

雪菜和拉．芙莉亞抵抗肆虐的狂風，仍想趕到倒下的古城身邊。

受夏音攻擊而造成爆炸的中心點被剷出半球狀大坑，熔化的岩床正噴發白色蒸氣。古城的身軀滿目瘡痍，還能留有原型簡直不可思議。

「已經玩完啦……世界最強的吸血鬼被解決得還真快。」

看雪菜她們呆站在原地吭不出聲，霧島感到掃興似的嘀咕。

但是察覺到狂風突然增強，仍維持獸人化的他緊張得表情扭曲。

掃向肌膚的風勢開始夾帶刀刃般的觸感，其真面目是冰塊碎片。被狂風捲起的海水凍結成銳利刀刃。

「慢著，這怎麼搞的……是眷獸失控嗎！」

焦急得聲音顫抖的霧島驚呼。

第四真祖的眷獸失去宿主，脫離掌控開始作亂。事態光想像就令人覺得恐怖。那種龐大的魔力聚合體要是不分對象地解放，別說是這座小不隆咚的島，連半徑數十公里內的海域都難保不會遭受浩劫。

但是，事態嚴重度卻超出這惡劣至極的預估。

「OAaaaaaaaa——！」

狂風席捲的中心處並非曉古城的眷獸，而是叶瀨夏音。

流下血淚的模造天使抱著頭痛哭。

痛哭引發龍捲風，使暴風圈在周圍海水結凍之餘越益擴大。

「叶瀨賢生，變成這樣是怎麼回事？」

碧翠絲用譴責般的目光瞪向魔導技師。

賢生望著沒反應的遙控裝置，泰然自若地搔頭。

「不知道，但應該還沒抵達升天階段。」

「是喔……唉，真沒力……我不想跟他們耗了。」

撂下話的碧翠絲讓自己的眷獸解除實體化，然後背對模造天使邁步離去。

「喂，ＢＢ。」

「總之我們先閃吧。我可不想被那種玩意波及。」

碧翠絲回望緊追過來的霧島，懶散地說道。

環繞著模造天使的龍捲風如今已徹底結凍，變成一道巨大冰柱。在地表呈螺旋狀產生渦卷的區域直徑長達數十公尺，目前仍然在增長。碧翠絲等人的登陸艇也受困其中，要逃出這個島幾乎無望。

而且敗陣的第四真祖和兩名少女也還留在猛烈暴風雪當中。

「學長！曉學長——！」

身穿制服的嬌小少女緊緊依偎在倒下的第四真祖身邊，不停喚著他。

而異國的銀髮公主正抬頭仰望屹立於面前的冰柱。

「模造天使……不，叶瀨夏音……妳究竟……」

人工天使寄身於那澄澈的冰層裡，痛哭著持續沉睡。

冰雪籠罩的巨大冰柱十分神似古時被稱作「巴比倫」的參天聖塔。

第五章 天使焚身

The Amphisbaena

1

滿是鐵鏽和灰塵的昏暗船艙裡，冒出彈丸彈跳的火花。行軍的腳步聲異常規律一致。舉起衝鋒槍逼近的，是披戴詭異黑甲的眾多士兵。

「──呀啊！」

彈幕以每分鐘七百二十五發的兇惡速度掃射而來，使得煌坂紗矢華尖叫逃竄。貨船「阿瑪戈沙」內部。紗矢華搭乘沿岸警備隊的巡邏艦，在前往援救古城等人的途中遇見魔導士工塑的這艘船。當他們為了偵詢而登上貨船後，旋即受到子彈迎接。

「這些傢伙是什麼？我可沒聽說要在這種地方應付槍戰！」

紗矢華起舞般使著銀色長劍之餘發出驚呼。

其劍名喚「煌華麟」──由獅子王機關研發的試作可變式制壓兵器。

劍鋒劃過的路徑可令空間出現斷層，阻絕一切物理性攻擊。要擋下衝鋒槍這種程度的攻擊只是小事一件。

話雖如此，「煌華麟」引發的空間斷層並不會將空間物理性斬斷，終究只是靠咒術重現

「空間遭到斬斷後產生的現象」。因此效果僅能維持短瞬，發動時更有延遲性這項大缺陷存在。像這樣接連不斷遭受槍擊，紗矢華縱有一身戰鬥技術，其缺陷仍顯得致命。

結果，紗矢華連想要反擊也無法如願，落得在廣闊船內不停逃跑的窘境。後來她躲進船艙中剩餘貨櫃的死角，正放心呼氣時——

「——咦！」

紗矢華背後的門被打開，又一群新士兵出現。

意外遭受夾擊使她的表情凍結。新出現的士兵僅有三名，憑紗矢華的戰鬥力，短短幾秒就能癱瘓這個數量的敵人。

可是在攻擊它們的過程中，紗矢華背後將會全無防備。「煌華麟」具有的第三項缺點——無法令空間斷層同時產生於前後。

紗矢華對自己不期而遇的困境咂嘴。乾脆將整艘船劈開吧？這麼想的她舉起劍。

「煌華麟」用於防禦多有限制，但攻擊力極大。即使是貨船的厚實船底，八成也能像裁紙一樣輕易劈裂。要是那麼做，「阿瑪戈沙」肯定會沉沒，但要打破目前戰局已別無他法。

然而，在毫不猶豫即將揮劍的紗矢華眼前，空間幽幽冒出一片漣漪，嬌小人影從蕩漾如水面的空氣中出現。那是個身穿鑲滿荷葉邊的華麗禮服，還撐著陽傘的娃娃臉女性。

緊接著從她背後出現的是一條「手臂」——披戴黃金甲冑，以機械構成的巨大手臂，光手掌就遠遠超出她的身高。

突然從虛空伸出的那隻手，將紗矢華背後出現的數名黑鎧甲士兵一把抓起並捏碎。毫不費力的攻擊，宛如拔取路邊雜草。

士兵的火線遭彈開，無法傷及黃金鎧甲，陸續被擊潰的它們齒輪及鎧甲碎片散落滿地。

「南宮那月？妳從什麼地方……？」

紗矢華錯失揮劍的時機，發問的姿勢顯得有些傻氣。

身為彩海學園教師的南宮那月，真面目是擁有別號「空隙魔女」的高超攻魔官，這點知識紗矢華當然記在心裡。不過當面看對方將操縱空間的高階魔法用得如呼吸般自然，她還是難掩詫異。

「原來如此。確實和矢瀨拿給我的資料一樣。」

指揮黃金怪臂的南宮那月撿起士兵們飛散的零件，貌似毫無興致地說道。

「我才在納悶，機器人廠商在『魔族特區』會做什麼樣的研究，為了規避燒錄於機器人偶啟動核心的第一非殺傷原則，原來他們是拿死靈魔法的術式代用啊。用這種幼稚的方式，性能明明就不會提升——想把這玩意賣給軍隊，經營者當然要蒙受鉅額損失了。這也是天經地義嘛。」

「用機械人偶當士兵……那麼，魔導士工塑背地裡做的生意就是……」

皺眉的紗矢華將劍放下。士兵們異樣規律的動作及輕鬆掌控沉重機關槍的臂力——點明它們是機械以後，就讓人茅塞頓開了。魔導士工塑總公司的黑帳目上會記著和美國聯邦軍的交易，正是他們買賣機械士兵的契約。

那月優雅地轉過陽傘，看向背後的機械人偶。

「這艘船的乘員已經全部落網了，只剩那些無用的玩具。對付那種蝦兵蟹將，應該是妳的擅長領域吧，獅子王機關的舞威媛？」

「我……我可不想被人隨便推卸責任！」

紗矢華一邊抱怨著，仍讓「煌華麟」變形。

分隔成前後兩截的劍身頓時展開，長劍變成一梃呈現優美弧形的銀色西洋弓——透過發射特殊嚆矢，令摧毀性咒術在大範圍發威的制壓兵器。這就是「煌華麟」，六式重裝降魔弓（Der Freiscütz）的真正姿態。

紗矢華從撈起的裙襬底下取出金屬飛鏢，並將鏢身拉長，搭上弓。接著她一股作氣朝逼近的眾多黑鎧甲士兵放箭——

箭矢飛翔，灑下宛如痛哭聲的遙響。那其實是強力詛咒。魔弓放出的嚆矢能誦唱人類聲帶及肺活量無法發音的高密度咒語。

而紗矢華剛才用的則是解咒矢，將操縱機械人偶的魔法術式用更加強效的咒術覆蓋過

去，並造成癱瘓。她身為詛咒及暗殺的專家，才能施展這般戰術。

控制系統在一瞬間燒毀，機械人偶因而停止動作。

確認解咒成功以後，紗矢華癱軟地發出嘆息。她不是為了對付那種士兵才來這裡的。

「——這艘船究竟是不是『面具寄生者』的研究設施？」

紗矢華抬起頭，朝著氣定神閒打開扇子的那月問道。

「船艙裡有實驗用的氣密區，資料文件也大致扣押完畢了。人工島管理公社的理事會似乎想用這件醜聞當籌碼，大量賣空魔導士工塑總公司的股票。到時候公司不是垮台，也免不了縮減事業部門的規模才對。」

「……所以『魔族特區』的研究部門會被切割囉？」

「那倒要看他們這次的實驗是不是失敗。」

那月語氣不悅地說。模造天使是非法人體實驗，對絃神市也造成莫大損害。至少魔導士工塑的「魔族特區」分公司肯定要關閉，眾多職員應該也會被追究刑責。

不過，倘若模造天使果真戰勝第四真祖，就另當別論了。具備那等戰力的兵器，各國軍方不可能放過。即使魔導士工塑倒閉，其研究八成也會由其他公司接手。

結果，左右命運的是第四真祖——換句話說，成敗全繫於曉古城能不能打倒模造天使。

「啊，還有一件事。大約一小時前，沿岸警備隊似乎接到阿爾迪基亞的逃生艇發出的求救訊號了。」

「拉・芙莉亞公主平安無事嗎？」

紗矢華的表情變得開朗。這算是久違的好消息。但是，口氣依然莫名不悅的那月繼續說下去：

「據說曉他們也待在同一座島上。」

「……曉古城和公主……在一起？」

紗矢華體會到難以言喻的負面預感，也跟著繃起臉。

亦為巫女的她有股直覺，正透過不祥的心悸大發警訊。儘管在日本知名度並不高，若要提到拉・芙莉亞・立赫班，那可是芳齡十七，被譽為美麗女神芙蕾雅再世的絕色公主。

那個曉古城要是在與文明隔絕的無人島上碰見那種尤物，會發生什麼狀況——

無論想得多樂觀，腦海裡浮現的盡是令人絕望的未來預想圖。

「反正，我們沒有事要繼續待在這艘船了嘛。既然這樣，趕快去接雪菜他們吧！這樣問題就告一段落了。」

顯露焦躁的紗矢華這麼主張。

但那月一走出貨船甲板，就忽然停下腳步。

「要是能那麼順利倒好。」

「什麼意思？」

循著那月的視線，紗矢華望向海上，接著便說不出話了。因為即使遠在海平線的彼端，那起異變仍清晰可見。

半徑廣達數公里的海面結凍了。出現在該處中央的，是一道巨大冰柱。螺旋狀席捲向天的冰柱，高聳直入遙遠的上空。

「那是……什麼嘛……！」

紗矢華勉強擠出這句咕噥。那巨大異變的源頭，顯然就是古城等人所在的無人島。這代表雪菜和拉・芙莉亞公主也都脫不了關係。

「看來那個第四真祖（笨蛋）又被扯進麻煩事了。」

那月面無表情地嘆氣。

紗矢華依然目瞪口呆地凝視著在陽光下燦爛奪目的冰封巨塔。

2

「狻猊之神子暨高神劍巫於此祀求！」

將銀色長槍舉至頭頂並高聲誦唱禱詞的人是雪菜。呼應其清冽嗓音，淬鍊過的槍鋒綻放耀眼光華。

「雪霞的神狼，化千劍奔揚之鳴為護盾，速速辟除凶災惡禍！」

當純白光芒消失時，雪菜等人的周圍已經出現一塊直徑約四、五公尺的半球體空間。她用「雪霞狼」的神格振動波設了防護結界。

結界外側是冰河般的厚實冰牆。

在牆的外側，目前仍有暴風雪猛烈吹襲，使周圍土地及海面結凍。

好比住在極寒地帶的愛斯基摩人會利用巨蛋型雪屋躲避風雪，冰壁也構成一道保護殼，供他們逃進其中。

倒在結界中央的是目前仍未恢復意識的古城。如果雪菜沒有即時設下結界，他何止會變成冰棍，八成已經深埋於厚厚冰層裡而徹底壓扁了。

「——勞煩妳了，雪菜。這樣就能撐過一會兒呢。」

拉．芙莉亞望著遭冰封的天頂並向雪菜答謝。

由於被厚實冰層環繞，他們反而不受暴風雪的影響，保護殼裡頭意外溫暖。雖然遲早會氧氣不足，至少在那之前都算安全。

「是啊。不過很抱歉，要逃離這裡反而變得更難了。」

「現在先不需要為這費心吧。畢竟外頭似乎還有風雪。」

面對神情緊繃咬著唇的雪菜，公主悠然露出微笑。

「對於這陣雪與冰，妳怎麼看？雪菜？」

「我不清楚。可是，從中可以感覺到叶瀨的強烈意念。」

雪菜摸著冰牆，如獲天啟般靜靜地回答。

孤獨、不安、恐懼、絕望。冰冷澄澈的冰壁傳達過來的，是彷彿令人為之凍結的哀傷波動。那是不具恨意也沒有憎惡，近乎虛無的透明感情。

「了不起，我也這麼認為。恐怕是模造天使的術式造成影響，讓叶瀨夏音的心境直接化為實體了。」

拉・芙莉亞同情地抬頭望著上方，然後發出細語。

而她的視線前方，是在冰塔中心如胎兒蜷著身子的夏音。那副聖潔美麗的姿態也像正在哭泣的稚子。

「這表示，叶瀨還沒——」

「嗯，她並沒有喪失自我。只要破除術式，叶瀨夏音就能變回人類。」

對於雪菜的疑問，拉・芙莉亞毫不猶豫地斷言。

「可是，我們現在沒辦法接近她。不只如此，就連能不能活著離開這裡都是未知數。」

「那應該不成問題。這種程度的冰牆，只要古城醒來就能設法去除。」

「學長他……」

雪菜跪在倒下的古城身邊，悄悄探頭關心他的狀況。

應該確實受致命傷的他，身軀幾乎已經復原完畢了。碳化的肌肉、見骨的撕裂傷口都痊癒得毫無痕跡。

除了唯一一道刻在他胸口的十字型刺傷——

雪菜發覺那處傷口湧現的神聖氣息，微微吞聲屏氣。

爍亮的金黃神氣宛如酸性物，正不斷腐蝕古城以「負之生命力」構成的肉體，使其緩緩消滅。

「這道傷是……？」

「是古城被模造天使用劍貫穿的部位呢。他的肉體目前仍插著劍，一柄我們都無法碰觸到的劍。」

拉・芙莉亞以靈視觀測劍的存在並如此說道。

和天使同屬高次元的那柄劍正妨礙古城恢復元氣，更慢慢消滅理應不滅的肉體。神氣透過劍持續流入，這樣下去，八成再過不久就會讓他完全消失。

「……該怎麼做才救得了他？」

雪菜帶著認真的眼神對拉．芙莉亞發問。

她原本不過是第四真祖的監視者，沒有義務要救他。然而，對古城見死不救的選項，雪菜根本沒有想過。

拉．芙莉亞貌似興趣濃厚地望著這樣的她搖搖頭。

「我們無法療癒古城的傷。」

「……怎麼會……」

雪菜的臉頓失血色。

模造天使的術式是阿爾迪基亞的祕藏奧義。既然拉．芙莉亞說沒有方法破除，雪菜就無計可施了。

不過，公主使壞般瞇起特徵明顯的淡藍色眼睛，繼續說道：

「所以，我們要喚醒能救他的力量。被模造天使用劍貫穿時，古城的肉體就應該消滅了。但他的肉體現在卻能像這樣繼續存留，應該是他無意識間引發出那股力量所致。」

「學長的力量……？」

被拉．芙莉亞催促，雪菜再次將視線落在古城的傷口。換個角度來看，古城一步步消滅的模樣，感覺上也像某種東西正在抑制天使的力量。

「……難道是第四真祖的眷獸？」

「沒錯。『焰光夜伯』奧蘿菈・弗洛雷斯緹納交給曉古城的眷獸共為十二匹，當中恐怕就有能讓模造天使的力量失效的眷獸。」

同意公主這番話的雪菜點點頭。

第四真祖的眷獸目前仍有大半無法供古城隨意使喚。

但是，休眠狀態的眷獸過去曾數度對古城這名宿主的危機產生反應，而讓部分能力失控狂飆。這次恐怕也屬於相同情形。

「不過，即使說要喚醒眷獸，又該怎麼做……？學長現在沒有意識，想從外部干涉吸血鬼的眷獸，應該不可能就是了。」

雪菜越想越鑽牛角尖。拉・芙莉亞這次也一臉認真地頷首。

「我也是第一次嘗試，很擔心能不能辦好。但我從侍女們的談話中聽過做法，應該有一試的價值。」

公主這麼說著悄悄將手伸向古城的衣服。她扶起沒有意識的他，將連帽衣脫下，然後從上依序解開幾乎快破掉的制服鈕釦。

古城一露出上半身，胸前的傷口讓人看了格外心痛。

拉・芙莉亞一臉嚴肅地望著他，彷彿連呼吸都忘了。

古城雖給人瘦弱的印象，不過脫去衣服倒有一副意外結實的肌肉型體格。大概是他在成為吸血鬼以前成天打籃球鍛鍊的緣故。

「……這就是男士的胴體呢。」

公主一臉興致勃勃地用指頭拂過古城的側腹，彷彿要確認腹肌的彈性。

「呃……拉．芙莉亞？」

看她忽然脫起古城的長褲，雪菜一臉納悶地出口規諫。

拉．芙莉亞扒下古城的皮帶，抬起頭說：

「是我失儀。為了後學著想，我不慎輸給自己的好奇心了。」

「這樣嗎……等等，為什麼連妳自己都要脫衣服！」

這回公主又突然脫起自己的衣服，雪菜連忙制止。也許那是需要用肌膚直接接觸的魔法，但即使如此她也無法坐視不理。

可是，公主卻面露不解地歪著頭問：

「我聽說男女交歡就是要彼此裸身擁抱，難道不對嗎？」

「交……交歡？」

聽了拉．芙莉亞超乎想像的發言，雪菜臉色僵硬。

拉．芙莉亞用算得上認真的目光回望她說：

「要讓眷獸覺醒並納入掌控，聽說讓靈媒獻血是最確實的方式。」

「那……那個，的確是沒錯啦。」

雪菜無力地表示肯定。

古城無法運用眷獸的力量，似乎是他幾乎沒吸過別人的血所致。因此眷獸並未認他當宿主，也不會聽從召喚。而且要讓自尊心高的眷獸滿足，需要靈格高得足以勝任靈媒的血液。

倘若由阿爾迪基亞皇室的拉・芙莉亞獻血，靈格當然足夠，可是──

「不過……就算要吸血，學長現在根本沒有意識……」

「這沒問題。激發吸血衝動的誘因是性方面的亢奮對不對？只要有肉體方面的刺激，就算意識不清，應該依然可以成其好事。沒錯，我那些侍女也說過，男士的人格和下半身是個別思考的生物。」

「……下……下半身？」

「呵呵，據說身體是最老實的喔。」

看拉・芙莉亞笑得天真無邪，雪菜偷偷嘆氣。阿爾迪基亞的皇室成員是不是該留意一下擔任侍女的人選比較好？

「不用擔心，雪菜。我現在也還沒有認真和他交合的意思。」

「那是當然了！」

雪菜紅著臉大叫。現在還沒有──拉・芙莉亞的這句話，無法令她不感到一絲不安。這位奔放的公主說話究竟認真到什麼地步，雪菜心裡完全沒有譜。

拉・芙莉亞脫掉儀隊服，底下襯衫的鈕釦也被她平靜地逐一解開。從領口露出的是初雪般淨白的肌膚及意外有分量的胸脯。

「那麼，雪菜，能不能請妳稍稍閉上眼睛。在人前做這種事，實在令我不好意思。」

拉・芙莉亞說著抱起古城的上半身。雪菜無法從肌膚緊貼的他們身上別開目光。拉・芙莉亞輕輕撥去沾在臉頰上的銀髮，將臉靠向古城。就在兩人的唇即將相觸的前一刻——

「——不可以！」

趕在頭腦思考以前，雪菜就無意識喊了出來。公主有些訝異地抬起臉。

「雪菜？」

「不……不可以，拉・芙莉亞！我覺得妳沒有必要這麼做！」

彷彿要把人搶回來，雪菜將古城的身體拉向自己並尖聲大叫。然而公主卻用冷靜的目光看著她說：

「這是為了救我、妳，還有叶瀨夏音。情非得已啊。」

「話是這麼說沒錯……不過，也許還有其他方法……」

拉・芙莉亞淡淡微笑，看著無助地低喃的雪菜。

「謝謝妳替我擔心。但是，我不要緊。由救得了的人來救古城，不是理所當然嗎？」

公主慷慨激昂的說詞讓雪菜稍稍折服。

由於拉．芙莉亞的態度像在胡鬧，雪菜之前差點弄迷糊了，可是她說的有理。為了救在場所有人，拉．芙莉亞正要實踐最妥善的方法。

就連將自己的血獻給吸血鬼，對她來說大概也只是身為皇族應盡的義務。這位異國的公主一直都像這樣，獨自背負各種責任。以往如此，以後肯定也是如此。

然而，這樣不對。

該扛起這項決斷的並不是她。

「————由我來。」

雪菜這次將沉睡的古城徹底搶到手裡，然後對拉．芙莉亞如此說道。

公主受驚似的眨眼。

「咦？」

「救學長是我的工作，因……因為我負責監視第四真祖。」

雪菜毅然宣言。無論公主再說什麼，她都不打算退讓，堅定目光中如此默默主張。

於是，拉．芙莉亞彷彿就等她這麼要求，爽快地點點頭說：

「我明白了，雪菜。那麼，這裡就交給妳擔待。」

「……咦？」

雪菜的心情像撲了個空，一臉呆若木雞的表情。

公主笑容可掬地望著她。看到那優雅的笑容，雪菜發覺自己被擺了一道。原來，所有事都被公主掌握在手裡。

「啊，拉．芙莉亞……難道，妳從一開始就打這個主意……！」

面對不知所措地摟著古城的雪菜，公主於心無愧地如禱告般說：

「我相信妳，雪菜。是妳的話一定救得了古城。」

3

叶瀨夏音失控造成的冰柱，在直徑超過十公尺後似乎終於停止增長，風雪也已經停歇。

然而，島嶼的大半面積都遭冰封，目前依然被白茫霜雪所覆。

雪菜等人所在的狹小空間上頭，也被厚達數公尺的冰層罩住，不時還會發出令人毛骨悚然的咯嘎聲響。要脫困當然不可能，而且承受不住自身重量的冰層隨時崩塌都不足為奇。

在這種絕望的狀況下，只有古城還靜靜地繼續沉睡。

自己的肉體明明都快消滅了，那副睡臉反倒顯得純真無邪。

「……唉唷，你這個人真是令人傷腦筋耶。」

雪菜看著古城那副睡臉，面帶苦笑地嘆氣。他那毫無緊張感的睡相，讓雪菜看著看著開始覺得痛下決心的自己有些愚蠢。

「不要緊嗎？雪菜？如果妳覺得不安，還是由我來代替吧？」

看似愉悅的拉．芙莉亞這麼問道。雪菜表情生硬地搖搖頭。

這項提議令人有點動心，不過事到如今要別人接手，雪菜自然說不出口。況且她討厭看古城被公主抱著，因為胸口會不知怎麼的變得苦悶。

「不，沒問題。這等於救人一命，對呀，類似人工呼吸。」

雪菜的語氣彷彿有一半是要說給自己聽。拉．芙莉亞佩服地點點頭說：

「人工呼吸……確實就該那麼做呢，口對口。」

「唔……」

雪菜忍不住想像那一幕畫面，變得滿臉通紅，原本不去多想的努力全成了泡影。

雪菜將指頭按在擱在旁邊的槍尖上頭。

然後直接用指腹拂過槍鋒，些許疼痛傳來。等傷口冒出的鮮血凝聚為大粒血滴，雪菜便將指尖伸進古城口中。

沉睡得如死去一般的古城，舌頭痙攣似的微微發顫。

那是肉眼無法判別的微小變化，但古城果然還活著。話雖如此，光這點血依然壓倒性不足，似乎需要注入更大量的血。

「古城的反應比想像中薄弱呢。刺激不夠嗎？」

拉．芙莉亞用前所未有的認真語氣說道。臉越來越紅的雪菜問：

「刺……刺激是指……？」

「比如肌膚露出度還有緊貼度吧。呵呵，要不要我幫忙？」

「不，不必。我自己來……我來就可以了！」

雪菜撥開公主從背後伸出的手，然後將手湊到自己的制服。不管怎樣，再拖下去古城也永遠醒不了，不需要擔心被他看到。

雪菜拉開領結、敞開制服前襟以後，悄悄趴在沉睡的古城身上。

無視於抱怨露得不夠的拉．芙莉亞，雪菜這次是用槍鋒抵住手腕內側。她劃下一道深度勉強能用咒術療癒的傷口，自己吸吮噴出來的血。

接著雪菜將含著的鮮血口對口餵進古城體內。

肌膚與唇緊貼，傳來屍體般的冰冷觸感。不過，軀體內部還留有微溫。為了不讓這溫度溜走，雪菜抱著古城的手更加用力。不久，古城的喉嚨微微發出聲音，能感覺到血流入嘴裡以後被吞下去的動靜。

「……學長！你聽得見嗎？學長！」

雪菜朝古城的耳邊喚道。這時候，有陣聲音在她耳邊說：

「再繼續，雪菜。古城感受到妳了。」

「妳……妳為什麼在看？拉．芙莉亞？」

雪菜和貼近觀察自己的公主四目相交，嚇得聲音變調。

拉．芙莉亞一臉不可思議地解釋：

「我說過自己會不好意思才希望妳別看，但妳並沒有叫我不要看啊。」

「雖……雖然我沒說，可是我以為那算是理所當——嗯嗯？」

被公主的舉動分了心，雪菜突然讓一股強有勁的力道摟住而大受動搖。理應沒有意識的古城似乎受血液的餘香吸引，開始品嚐雪菜的唇。

舌尖傳來的陌生觸感使雪菜繃緊身體。

背脊湧上令人渾身無力的酥麻感覺。

即使如此，雪菜仍拚命仰頭問：

「學……學長？你醒了嗎？你到底在摸哪裡……等等……！」

古城的指頭順著本能行動，輕輕遊走於雪菜的背脊。

咿——雪菜屏氣全身僵硬。眼睛發亮的拉．芙莉亞掩著嘴，探出身子讚嘆：

「哎呀……」

「學長！公主在看……不要……那……那邊是……！」

制服內側的敏感肌膚被古城用指頭碰觸，雪菜用力弓身。

她毫無防備地露出細緻白淨的頸根，古城彷彿被吸引過去，用獠牙扎入她的肌膚。她像在忍著疼痛，悶聲咬住嘴唇。但她並未抵抗，還溫柔地將現在仍無意識的古城擁入懷裡。

「…………」

拉・芙莉亞為了就這麼停止動作的兩人著想，轉身背對他們。

接著，她忽然抬頭。因為她感受到，模造天使那股源源不絕流入古城傷口的神氣頓時消失了。

原本要將古城消滅的胸膛傷口，也漸漸淡化得不見痕跡。

「天使的劍……被你吞掉了嗎？」

拉・芙莉亞朝後頭瞄了一眼，然後嘀咕：

「了不起，古城……居然能讓這等眷獸為你效命……是你的話，果然就可以……」

古城擁著失神的雪菜發出鼾聲。公主看著這樣的兩人點點頭，將視線轉向頭頂上。

在潔白燦爛的冰雪世界裡，人工天使持續沉睡著。

4

「唔啊……！」

伴隨著有如全身細胞遭到撕裂的劇痛，曉古城醒了。

他之前也體驗過這種痛。受創程度若會立即致死，之後復活就會有這樣的特徵。

「你醒了嗎？古城？」

古城痛苦呻吟著睜開眼皮，和一臉泰然地低頭看著他的拉．芙莉亞對上目光。宛如精美雕刻的端正臉孔，以及銀色髮絲。以澄澈冰壁為背景，眼前的她美得脫離現實，讓古城感覺自己好似仍在夢境。

「拉．芙莉亞？這裡……是什麼地方？我還活著……嗎？」

餘留口中的鮮血芬芳，還有肌膚傳來的柔柔溫暖。古城感到困惑，緩慢地撐起身體。

略感麻痺的左手臂不太對勁。

有種像是抱起小貓時，讓人覺得輕盈而心曠神怡的分量感。

滑嫩的肌膚觸感；挑逗鼻腔的誘人馨香；磁力般令人愛不釋手的彈性。秀髮柔順地滑落指間的手感既搔癢又舒服。沒錯，雪菜那頭黑髮給人的手感就是這麼——

「——等等，這怎麼回事啊啊啊啊！」

發現雪菜睡在自己的臂彎，古城這次徹底清醒了。過度驚嚇使他發不出聲。也不知道衣服是什麼時候被脫掉的，古城現在上身赤裸。

而他的臂彎裡，雪菜正熟睡著。那副睡臉比平時的她看來更加年幼，可愛得讓人啞口無言。古城彷彿望著清純的花蕾。

不過他現在沒有心思疼愛。

「姬……姬柊？這傢伙怎麼會……」

「請你冷靜，古城。」

拉·芙莉亞盯著驚慌不已的他，傻眼般說道。

「呃，就算妳叫我冷靜，我完全不記得自己這麼做——」

「我明白。為了讓你復活，雪菜提供了自己的血。要不然，你這時候已經被模造天使的力量消滅了。」

「姬柊她……為了我……？」

古城再次將目光轉向持續熟睡的雪菜。她的白皙頸根上如今還留著獠牙扎過的痕跡。不可能看錯，那是古城對她造成的傷口。

古城摸著自己的心窩，深深嘆了氣。

受到那個模造天使攻擊卻能輕易復活，他自己也覺得不太對勁。但是沒什麼好說的，結果他又被雪菜救了。

對於臂彎裡的嬌小少女，古城湧現無法言喻的感謝之情。

儘管肌膚的舒適體溫讓人不捨，他還是讓雪菜輕輕躺在地上。古城將目光從她攤開的制服上別開後問道：

「總之，妳能不能先幫姬柊穿好衣服？再怎麼說，總不能放她這個模樣不管。」

拉．芙莉亞微笑著點頭。

「我明白了……呵呵，現在才聽你這麼說倒有點怪。你們都那麼激情地渴求彼此了。」

「妳說的到底是哪時候的事！」

被人暗示自己曾無意識做了不軌之舉，古城又大受動搖。沒有那段記憶讓他格外不安。自己到底在公主面前和雪菜做過什麼？為何自己的褲子脫了一半，雪菜也衣衫不整——？

古城感到焦躁不安，回神望向頭上，臉色頓時變凝重。他發現沉睡在冰層中的夏音了。

「叶瀨……！」

扭曲成螺旋狀的冰柱透著白晝的陽光。在那黃金色光芒中，夏音蜷著身子。翅膀收攏在她背後，感覺不到兇惡眼珠的動靜。也許那也睡著了。

「刺傷你以後，她的自我意識就失控了。」

拉・芙莉亞站到古城身旁說明。

古城聽了恍然大悟地看著她問：

「這表示叶瀨還留有意識？」

「是的。但這種不安定的狀態應該不會持續太久。這樣下去，她的意識遲早會消滅。」

「……所以說，不趕在那之前救她就糟了？」

咬緊牙關的古城發出低呼。拉・芙莉亞看著這樣的他，一臉愉悅地瞇起眼睛。

叶瀨夏音是曾經殺過古城一次的對手。儘管如此，古城卻理所當然只想著救她。公主的嘴角現出笑意，還將臉朝他貼近。

「拉・芙莉亞……？」

看到公主莫名靠近，古城心裡小鹿亂撞地後退。

而拉・芙莉亞抓著他的上臂，更加拉近距離。這時古城才發現公主只穿著一件薄襯衫。

為什麼妳會穿成這樣——古城驚慌問道，拉・芙莉亞平靜地看著他回答：

「……經過那麼熱情的行為，新眷獸卻沒有覺醒的跡象呢。」

「是……是啊。這麼說來，確實是沒錯。」

聽她一提，古城歪了頭。先不論他當時有沒有責任能力，雪菜確實有被他吸血的跡象。

可是古城自覺並沒有掌握到第三匹眷獸。

同一個人的血無法讓新眷獸覺醒嗎——古城如此抱持疑問。

「這匹眷獸……原來如此，是這麼回事啊。」

這時候，看似兀自想通的拉・芙莉亞露出微笑。接著她突然踮腳，將自己的唇湊向古城的臉頰，如小鳥啄臉般輕輕一吻——

「唔……！」

冷不防被吻讓古城嚇得人仰馬翻。

看到他純真的反應，拉・芙莉亞嘻嘻笑出聲音。她順勢將手伸向自己的襯衫，開始解去剩餘的鈕釦。

古城連忙阻止公主。

「妳在做什麼！發癲嗎！」

「慌張什麼呢？你不是已經將我的全身看過一次了？」

「不是那種問題！再說當時有霧蓋著——！」

古城拚命對嘛嘴仰望的拉・芙莉亞找藉口。

腦海中浮現公主在泉水行浴的身影，蠢動感在犬齒復甦。吸血衝動即將再起，這是相當不好的徵兆。

「還是說，我果真沒有雪菜那樣的魅力？」

拉．芙莉亞忽然露出不安的表情。那副表情並不像總是充滿自信的她。

「呃，沒有那種事啦……應該說，就是因為這樣我才困擾！」

不明所以地感到內疚，古城仍開口否認。而公主一臉滿足地抬頭對他微笑。

「這樣嗎？那我放心了。」

「放心什麼？」

反而感到相當不安的古城立刻反問。

公主羞赧似的垂下目光，有些無助地苦笑。

「我什麼都沒有學過。身為皇族，一旦成婚以後，在這種情況下該有什麼舉止呢？儘管我也有機會接受指點，都是因為父王堅稱不會讓我出嫁——」

「不讓妳出嫁……呃，那表示妳很受疼愛吧。那不是個好老爸嗎？」

古城尷尬地搔著頭。曾經誤會妹妹被告白而慌得大呼小叫的他，不太能譴責她的父親。

再說拉．芙莉亞身為公主，若有差池，也可能被利用於政治婚姻。就這層意義來看，倒也不是不能說她的環境得天獨厚。

可是拉．芙莉亞卻鬧脾氣似的嘛著嘴說：

「假如有不肖之徒敢對我女兒出手，就要率騎士團及全軍總力將其擊潰。有這種覺悟再放馬過來——這是父王過去所言。」

「……抱歉，我可不可以收回之前說的話？」

看古城歪著嘴，拉．芙莉亞又嘻嘻笑出聲音。

「不具任何血族同胞，獨自一人的『夜之帝國』領主——如果是你，說不定就能和父王抗衡了。」

銀髮公主輕輕將手繞過古城的肩，對他細語。妳在說什麼——這麼問的古城皺著臉。而她凝望古城，在能觸及彼此鼻尖的距離內凜然命令：

「我以阿爾迪基亞皇室的長女，拉．芙莉亞．立赫班之名對你下令。第四真祖，曉古城，吸我的血。」

說什麼傻話——正要如此開口的古城，忽然注意到公主的眼神。令人聯想到寶石的藍眼睛，蘊藏著祈禱般的真摯光芒。她並沒在胡鬧。

「這是為了救叶瀨必須做的吧？」

古城在公主耳邊問道。這是當然——她嘆道。

古城托起拉．芙莉亞細緻的下顎，讓白色頸根露出來。公主靜靜閉上眼，纖弱的肩膀微微顫抖著。

「妳的老爸讓我來應付，所以妳可別後悔，拉．芙莉亞——」

「嗯，當然。漂亮地為我證明我的眼光並沒有看錯吧，曉古城。」

公主帶著某種愉悅說出這番話。古城將她修長的身軀擁進懷裡。

在透過冰層灑下的光芒中，兩人的吐息合而為一。

5

叶瀨夏音在光芒中作著夢。

圍繞著她的是澄澈美麗的雪與冰。

不用別人說明，夏音就知道那是自己故鄉的風景。

出生後只見過一次的原初風景。

只用靜謐和孤獨打造而成的，僅屬一人的美麗世界。

那完完全全是夏音心中的風景。這裡是夏音自己創造出的「夏音的世界」。

寂寞、悲傷、絕望——藉著將所有感情和「世界」一同排除在外，夏音心裡已經什麼也不剩。遲早應該連這份意識都會徹底消失。

現在的夏音已經連對那感到悲傷的情緒都沒有了。有一個少年直到最後都試圖阻止她。

當夏音親手消滅他時，就失去一切了。

六片翅膀；六顆眼球。從外界納入體內的六具靈能中樞。透過這些，高次元的神聖氣息正流進夏音體內。再過不久，那股力量就會將她導向更高的境界。

已經沒有任何好哀傷的事。不用害怕孤獨了。

明明如此——

那個空無一人的世界裡，卻能感覺到有人闖入的氣息。

理應不存在的少年氣息；理應被消滅的他再次醒了。

這是不可能的事。不該有這樣的事情。然而——

既然如此——夏音心想。

為什麼自己會這麼高興呢——？

叶瀨夏音在光芒中醒來，眼裡不停流著淚。

「有動作了嗎——？」

遭冰封的模造天使睜開眼睛了。

叶瀨賢生望著這一幕，貌似滿足地發出嘀咕。

他的肩膀仍積著薄薄的雪，黑衣背後也覆上一層白霜。臉頰已完全失去血色，蠟一般蒼白。這是在模造天使失控以後，不離不棄持續觀察幾小時的代價。

他始終守候著那身兼自己實驗成果的「女兒」身影。

「藉由投影心象風景，毀棄並重新構築表層人格嗎？事情出於估算之外，不過也罷。這樣一來，能將妳繫留在這個世界的牽絆就完全消失了……夏音。」

賢生帶著獲得救贖般的表情，如此喃喃自語。

可是，彷彿與他這番話背道而馳，驚人的巨響突然震撼大地。

模造天使沉眠的冰塔底部，有頭巨大猛獸衝破渾厚冰層現身了。

駭人震動令大氣扭曲，並形成其蜃景般的肉體。那是長有燦然緋色鬃毛及雙角的召喚獸——身軀籠罩龐大魔力的雙角獸。

「——怎麼會是第四真祖的眷獸！」

賢生愕然瞇眼。眷獸留下暴風般的長嘯後就消失蹤跡，從冰層遺留的缺口爬出眼熟的三人組。

是古城、雪菜，以及拉·芙莉亞·立赫班。

他們幫彼此脫困，卻也散發某種見外的氣氛。三人尷尬地互不相望，保持微妙的距離。

「——哈啾！」

古城仰望耀眼的南國太陽，打了個大噴嚏。他拉著快破掉的連帽衣帽緣，將帽子深深戴到眼前，嘴裡一邊抱怨：

「……唉，可惡，外面果然很冷。我感冒了嗎？」

「還不是因為你連衣服都不穿，只顧沉迷於下流行為的關係？」

冷冷回答他的人是雪菜。意識恢復以後，她隨即目睹古城吸拉．芙莉亞血的光景，心情一直都不好。

古城趁雪菜沉睡時吸了別人的血，擔任監視者的她會生氣倒也不是不能理解——

「脫我衣服的不是妳們嗎？」

感覺自己有理說不清的古城，嘴裡嘀嘀咕咕地抱怨著。

「話是這麼說沒錯……唉唷，好了啦，轉過來這邊，你又不是小孩子。」

雪菜鼓著腮幫子這麼說，還用手帕替他擦掉流下的鼻涕。

拉．芙莉亞望著他們倆的互動，嘻嘻笑了。

明明幾小時前才差點喪命，而將他們逼到絕境的天使就在眼前，古城一行人之間卻沒有絲毫緊張感。

對此賢生顯得有些傻眼，靜靜地開口問道：

「原來你還活著，第四真祖？該稱讚你不愧是世界最強的吸血鬼嗎？」

古城從這番話裡聽出同情，一臉狐疑地看著他。

「大叔，你——」

「但這值得慶幸。只要再次和你交手——只要和強敵戰鬥，讓靈能中樞全副運作，夏音這次就能進化至最終階段。這樣就不用再流連找尋新對手，夏音也不必再傷害別人。」

賢生打斷古城的話，自顧自的說著。

對於他太過自私的說詞，古城自覺內心已大為光火。不過在他想到反駁的方式以前，拉．芙莉亞先踏出腳步。微笑的她冷冷斷言：

「想將模造天使當成兵器銷售的人，可把話講得真冠冕堂皇呢。你說是吧，賢生？」

「那是魔導士工塑擅自下的決定，並非我的意圖。」

賢生不負責任地把話說得事不關己。

「——請你別再自說自話了。」

用連公主都沉默的沉痛嗓音插話的人是雪菜。她握槍的指頭不住顫抖，烏溜眼睛閃爍。

「你一直以來不都將叶瀨當成女兒扶養嗎？明明如此，你為什麼要用她來做實驗？被當成道具對待，你知不知道她到底是什麼心情——？」

雪菜的嗓音裡蘊含真摯之情。

她代為說出的活脫脫就是夏音本來想問，卻又問不出口的話。在場唯有雪菜一個人有說這些話的資格。

因為雪菜也是獅子王機關製造出來的，名為「劍巫」的道具。她和夏音十分類似。雪菜發現了這一點，所以才會如此逼問賢生。那並不是為了責備他，而是為了連自己的份，將夏音救出苦境——

彷彿折服於雪菜這樣的心意，賢生沉沉發出嘆息。

「小姑娘，妳似乎有些誤解。」

「這是什麼意思？」

雪菜的表情因困惑而動搖。賢生仰望著冰層中的夏音，繼續說道：

「我從來也沒有將她當成道具看待，而是把她當親女兒。現在也是。」

「看了叶瀨現在的模樣，你還要我們相信這些話？」

雪菜看似不悅地皺眉質疑。她會感到不耐也是當然的。讓親生女兒和人互相殘殺，然後轉變成異形——不可能有為人父母者會如此希望。

但是賢生卻平靜地搖頭。

「即使妳不信，事實依然是事實。或者說，只要知道她母親是我的妹妹，妳多少就肯相信我了？」

「叶瀨是妳妹妹的……女兒？」

賢生意外的發言讓雪菜瞠目。

古城同樣感到驚訝。假如賢生所言為真，他就不只是夏音的養父，還身兼親舅舅。

「從現在算來是十五年前的事了，但我妹妹為了和效命於阿爾迪基亞王宮的我見面，才會拜訪那個國家。後來她就與當時的國王相識，走入一段得不到回報的戀情。不過我得知那些，已經是在妹妹過世，而我見到她女兒以後的事了。」

「那件事情，叶瀨她……妳女兒知道嗎？」

「怎麼會。親生母親並沒有對她表明身分，那也不是該由我告訴她的事。」

面對雪菜的疑問，賢生輕描淡寫地搖頭。可是，感覺他不是在說謊。

拉．芙莉亞默默聽著雪菜他們的對話。她應該從最初就明白叶瀨父女的關係。

「你當她是親女兒……？」

古城沉痛地低語。賢生的妹妹是夏音的母親，所以他將夏音視如己出。賢生這番話恐怕全是事實。他並不是單單看上阿爾迪基亞皇族的血統，才會收夏音當養女。

但要是如此，賢生的行為更讓人無法認同——

「既然這樣就更不應該吧。為什麼你要將叶瀨用於實驗？」

賢生處之泰然地承受古城那蘊含怒氣的視線。

「可有做父母的不希望兒女幸福？」

「你說『幸福』？叶瀨現在的模樣叫幸福？」

「夏音會進化成超越人類的存在，再也沒有人能傷害她。不久以後，那孩子就會被召到神的身邊，成為真正的天使——這不叫幸福該叫什麼？」

賢生用感覺不出任何迷惘及後悔的口氣回答。

就算這樣，古城仍靜靜反問：

「……是叶瀨這麼要求的嗎？她有說過，成為超越人類的存在就是她想要的幸福？」

「什麼？」

此時，賢生堅定如山的表情首次動搖。

古城用同情般的目光蔑視對方。現在他完全肯定了。

這個男的根本什麼都不懂——！

「這種鬼玩意，真的是她要的幸福？不是你自己擅作主張，強加在叶瀨身上的嗎？你那種對待人的方式，在社會上看來就是把人當道具！」

「……閉嘴，第四真祖……」

賢生聲音在顫抖。信念動搖的他，臉上顯露惱恨及混亂。

「你沒資格說那些話。因為你連自己的事都不了解！」

賢生這話來得意外。什麼意思——如此心想的古城感到疑惑。就在這時——

「——快退下，賢生！」

拉・芙莉亞厲聲警告。

但話傳進賢生耳裡以前，爆炸已在他頭上發生。

有人發動攻擊，引爆了封印夏音的冰塔。

無數尖銳冰塊落下，挨個正著的賢生因而倒地。

「碧翠絲・巴斯勒——！」

察覺發動攻擊的人物，雪菜大叫。

古城一行人背後的高坡上，有個身穿紅色緊身衣的女吸血鬼身影。

將冰層摧毀的是她擲出的深紅尖槍。具備長槍外形的眷獸劇烈迸散出魔力火花，將保護夏音的冰牆逐步粉碎。

碧翠絲身邊是獸人化狀態的洛・霧島。

他抱在兩腋的是尺寸類似棺材的金屬貨櫃。獸人隨手將那甩到高坡底下。

「不好意思，打擾你們討論怎麼養小孩的閒情逸致。我們可是在加班工作，差不多想回去了。能不能快點幹掉第四真祖？」

碧翠絲將長槍眷獸喚回手裡，懶散地嘆了氣。

接著她操作手裡的遙控裝置。那和賢生所拿的裝置屬於同類型。看了螢幕上浮現的「降臨」字樣，碧翠絲隨口笑道：

「否則好不容易製造出來的這些傢伙，就要變滯銷貨啦——！」

金屬貨櫃的上蓋伴隨著巨響，由內向外彈飛了。

嘰——刺耳的咆嘯傳出，從中冒出嬌小的身影。

醜陋不對稱的四片翅膀、浮現於肌膚的魔法紋路，以及金屬製的詭異面具。

「『面具寄生者』？」

雪菜持槍愕然驚呼。

霧島搬來戰場的，肯定就是名為「面具寄生者」的模造天使半成品。

雖說並不完美，她們仍擁有足以將古城逼到絕境的戰鬥能力。那種強敵來了兩名。

持續沉睡的夏音不肯對古城下致命一擊，碧翠絲似乎對此感到滿肚子火，才會要霧島將船上的那些容具拖到這裡。

「怎麼回事？你製造的模造天使基體不是只有七具嗎？」

皺著臉的古城瞪向賢生。賢生按著沾滿血污的頭，頷首說道：

「沒有錯，我只準備了儀式所需的最低數量。」

「抱歉，那樣可做不了生意。我們自己增產了。」

碧翠絲鄙視般說道。

「面具寄生者」們展翅飛向天空。她們的模樣十分酷似夏音過去打倒的基體。察覺到這一點，賢生繃緊臉。

「……複製體嗎？」

「正是如此。基體低劣，複製出來的成品就差，性能上遠遠不及叶瀨夏音。哎，至少會乖乖聽我們命令這一點，倒還算堪用吧。」

碧翠絲亮出遙控裝置，滿臉得意地笑。

「原來如此。」

拉．芙莉亞冷冷低語，不屑地抬頭瞪視女吸血鬼。

對拉．芙莉亞來說，碧翠絲不只是覬覦她的罪犯。對方曾擊落皇室擁有的裝甲飛行船，更是殺害眾多侍從及護衛騎士團的敵人——碧翠絲欠她那些部下血債。

「妳會想綁架我，目的果然是為了製造阿爾迪基亞皇室的複製人？」

「啊哈，妳終於懂啦，公主大人？我們不能從改造完畢的叶瀨夏音身上採取細胞，就在頭大的時候，妳剛好大搖大擺地來了，所以事情就這樣囉。」

真是太慶幸啦——碧翠絲說著狠狠露出獠牙，再次召喚自己的眷獸。彷彿嫌礙手似的，她拖著具備意識的深紅尖槍朝拉．芙莉亞走近。

「我會將妳全身切個七零八落，能增產多少就增產多少，臭母豬。假如是妳的複製人，就算不改造成兵器，八成也有一狗票的傢伙肯花大錢買——嘎！」

原本一臉愉快地大放厥詞的碧翠絲，忽然痛苦得嘴唇扭曲。

那是古城身體放出的雷擊如長鞭飛來，重重打在她肩膀所致。

不過那並非針對碧翠絲的攻擊，純粹是古城壓抑不了的怒氣轉化成魔力，才會在力量滿盈後隨機撒向四周。

「……第四真祖……！」

碧翠絲咬牙切齒。

古城帶著一身強橫的魔力奔流，怒瞪女吸血鬼。

「妳閉嘴，老女人……還有你也一樣，大叔！」

「唔……！」

古城喝斥的聲音有如疾雷，讓碧翠絲和賢生都噤口無語。

「我管他什麼皇族還靈媒的，叶瀨和拉·芙莉亞不都是普通的女孩子嗎？你們一下說要改造成天使，一下又說要複製增產，全都在自說自話——！」

古城的眼睛染紅了。那是可比烈火的憤怒色彩。

釐清條理以後，事情再單純不過。

碧翠絲想將夏音她們包裝成天使兵器，然後賣給軍方。而且，是打著連吸血鬼真祖都能擊斃的最強魔導兵器名義——

賢生則想讓夏音成為超越人類的存在。為此，他需要能誘使夏音全副運作靈能中樞的敵人。所以他才會看上古城，心裡打著讓古城當砲灰，好幫助夏音進化的主意——

沒錯，事情就這麼簡單。

假如夏音沒能打倒古城，他們的計畫就會告吹。只要讓這些人徹底了解，區區模造天使並無法打倒世界最強的吸血鬼，這樣就夠了——

「我真的火了。我要救回叶瀨，將你們的無聊計畫全部搞砸！接下來，是屬於第四真祖的戰爭！」

古城發出兇猛的霸氣大吼。

「面具寄生者」對真祖的魔力產生反應，旋即朝古城發射樣貌扭曲的光劍。

打落那柄光劍的，是凌厲劃過的一柄長槍。

同樣籠罩著人工神氣的武器。正如「面具寄生者」能抵擋雪菜的槍，她們的光劍也可以用「雪霞狼」打落。

依偎在古城身邊的雪菜持起銀槍笑道：

「——不，學長。是我、們、的戰爭才對。」

古城將背後交給她，自己則默默仰望天上。

碎散崩解的冰塔上空。叶瀨夏音張開三對翅膀，眼裡不具慈悲地俯視站在地面的古城。

6

「唉~~……悶耶！別讓我們多費工夫啦，第四真祖！」

碧翠絲操弄遙控裝置，對「面具寄生者」下指示。她大概是篤定用不著指望不安定的模造天使，光靠「面具寄生者」就能打倒古城。

在上空待命的「面具寄生者」從天飛降，對古城等人胡亂發射無數光劍。那實在不是雪菜能隻身抵禦的數量。然而——

「——凝眼。」

古城頭也沒轉，用右手輕易擋下飛劍。光是如此，扭曲的光劍就全部消滅了，彷彿整塊空間都遭到剷除。

「……喂，那是怎麼回事？ＢＢ！」

看到那一幕，霧島臉色驟變。跟妳說的不一樣嘛——他仰望身旁的女吸血鬼，眼裡好似正如此抱怨。

然而碧翠絲什麼也沒回答，只是屈辱地繃著一張臉。

「——『面具寄生者』由我來設法。學長，你到叶瀨那邊。」

雪菜這麼告訴背靠背站著的古城。

「我明白了……可是，拉．芙莉亞呢？」

「你們不用為我掛心。放手一搏吧，雪菜。」

面對古城他們倆不安地看過來的目光，拉．芙莉亞回以優雅微笑。

雪菜明白公主不會為了面子或虛張聲勢說那種話。她勁道十足地回答「好的！」便朝碧翠絲等人的方向猛衝。藉咒術強化腳力以後，雪菜如彈丸般加速。

「『蛇紅羅』！」

察覺雪菜逼近，女吸血鬼咂嘴握起眷獸之槍。

具備意識的這柄尖槍能自由改變型體、更換長度，由任何角度迎擊任何距離的敵人，反應速度遠超過人類極限。即使雪菜靠著一身武術，也只能戰得平分秋色。那是已經得到證明的事實。

正因如此，碧翠絲一臉不耐煩地隨手出槍大罵：

「來幾次都一樣，劍巫！妳的長槍想對付我的眷獸——」

但是她這句自傲的台詞卻轉變成一聲痛苦的悶哼。

穿過眷獸攻勢的雪菜搶進碧翠絲懷裡，用肘子猛力撞向她不備的側腹。肋骨碎裂的劇痛使得碧翠絲表情扭曲。

「——若雷！」

雪菜進一步在零距離以灌注咒力的手肘重擊敵人。碧翠絲高大的身軀浮起數十公分，女吸血鬼受創咳血。

「怎……妳做了……什麼？」

碧翠絲腦袋混亂地咕噥。但雪菜的攻擊仍未結束，她在緊貼狀態下踩住碧翠絲的腳，順勢出掌頂向她的下巴，接著朝側腹又是一記肘子。

碧翠絲嘔出肺中的空氣呻吟：

「不會……吧……這種小丫頭居然空手就將我……」

雪菜面無表情地低頭看著混亂不已的碧翠絲。

她乃是劍巫，純粹只為對付魔族的專家。劍巫灌注咒力的攻擊能妨礙魔族的肉體痊癒，確實剝奪其續戰能力。

能徒手和雪菜對等較量的，只有克里斯多福．賈德修那種經過訓練的士兵。光會依賴眷獸能力的受雇魔族無法看透雪菜的身手。

「妳的眷獸確實厲害……不過，也就如此罷了。」

雪菜淡然置評的聲音已經傳不進女吸血鬼耳裡。

碧翠絲在戰鬥方面是外行人，因此她的眷獸如何發招都與宿主的想法無關。一言以蔽之，攻擊和防禦的時機全由她那柄槍自行判斷。

所謂長槍，本該是攻防合一的武器。

然而只要讓碧翠絲使用，她的槍在攻擊和防禦間就會有一瞬的延遲。因為宿主跟不上長槍的反應速度。明白了這點，要攻其不備便是易事。

以「雪霞狼」這項強力的武器當誘餌牽制住眷獸，再由雪菜向碧翠絲發動肉搏戰。用言語敘述起來很簡單，不過碧翠絲就是擋不了這種單純的攻勢。

能隨心所欲使槍的劍巫，以及被槍的意志牽著鼻子走的女吸血鬼——孰勝孰敗從一開始就很明顯。

眷獸之槍從背後飛來，雪菜越過肩膀使出「雪霞狼」將其打落。緊接著——

「——撼響吧。」

她貼向茫然的碧翠絲，一掌擊在她的腦門。腦部受到直接震盪，碧翠絲瞬間昏厥過去。

雪菜更趁隙從她手裡搶來手機型的行動裝置。那是「面具寄生者」的遙控器，只要用這個讓「面具寄生者」進入休眠，應該就能癱瘓她們的戰力。

「嘖……這下不妙。」

看見碧翠絲被比自己嬌小兩圈的少女打得落花流水，霧島亂了陣腳。

想開溜的他望向周圍，正好發現落單的拉．芙莉亞毫無防備，便心懷不軌地伸舌舐唇。

他從崖上一躍而下，在公主面前著地。

看似等候已久的拉．芙莉亞則俐落地朝他拔出手槍。

「你以為將我擄作人質，就能讓局面翻盤？」

「哎，就是這樣囉。我們這下也被逼急了，敢抵抗，痛的可是妳。」

霧島對公主的伶俐露出苦笑，同時也放低重心。

拉．芙莉亞無預警地開火了。全自動發射的手槍子彈依然被霧島輕易掃開。

「早說過啦，9公厘彈對我沒用！」

「是嗎？那麼，你要不要接看看這招？獸人？」

拉．芙莉亞拋開射完子彈的空槍，從背後取出另一把手槍。

那是金黃閃爍的大型咒式槍。握把裝點得美輪美奐，以手槍而言稍長的槍身底下已經裝上刃長約十五公分的刺刀。

「咒式槍嗎？拿來唬人倒有意思。」

霧島嘲弄般格格笑著。

所謂咒式槍，是一種使用封有咒力的貴金屬彈藥的特殊槍械。製造數量極為稀少，現存的完整槍隻在全世界屈指可數。與其當作實用品，那種貨色更適合擺在博物館展示。

儘管威力強大，彈藥卻很昂貴，而且一次只能裝填一發。那原本是生活優渥的王公貴族用於行獵休閒的槍。就某種層面來看，它配得上拉．芙莉亞，但難說是適合實戰的武器。

「好好瞄準啊，公主大人。」

霧島挑釁地笑道，更直直衝向拉．芙莉亞。

公主的咒式槍裡沒有彈藥，霧島早看在眼裡。就單發式咒式槍的構造，從槍口就能看出是否裝了子彈。

拉．芙莉亞拿槍對準霧島，可是沒子彈的槍並不足為懼。

想制伏公主的霧島毫無防備地近身，霎時間，灼燒視野的青白色閃光令他發出哀號。劇痛貫穿胴體，霧島一邊咳出鮮血一邊苦笑著說：

「哈……哈哈，搞什麼嘛，那玩意……完全被妳耍了，混帳。」

公主保持舉著咒式槍的姿勢，冷酷地低頭看向霧島。

裝在槍前端的刺刀為青白色光芒所覆。那道光就是灼傷霧島眼睛、貫穿其胸口的攻擊真面目。

「說得像是我使詐，可真讓人意外。用槍射你之類的話，我一句都沒奉告過呢。」

公主淡然提出異議。但是，倒地的霧島已經失去意識，沒聽見她的反駁。

「洛——！連隻母豬也綁不了嗎！你這死雜碎……！」

看到部下滿身是血，不耐煩叫罵的是在受創後勉強振作起來的碧翠絲。雪菜將癱瘓「面具寄生者」視為優先，並沒有給她致命一擊。

精確而言，沒有那種必要——也許該這麼說才對。

雪菜的最後一記攻擊用意並不在「傷害」肉體，而是為了使肉體機能「失靈」。既然細胞本身沒有損傷，吸血鬼的痊癒力就派不上用場。

事實上，平衡感失調的碧翠絲目前仍無法正常走路。

假如她還要繼續抵抗，這回雪菜應該一擊就能將人打倒。

然而，拉．芙莉亞和雪菜目光交會，搖頭表示不必出手。碧翠絲要由我親自收拾，所以請妳旁觀——她如此向雪菜示意。

「很有兩下子嘛……妳們這些臭丫頭。啊～真讓人沒勁……混帳！」

對於拉．芙莉亞的從容態度，嘴裡冒出鮮血的碧翠絲情緒激昂。

「算啦……不管什麼生意不生意了。我要將你們全宰光！」

女吸血鬼的手中亮出深紅尖槍。或許是反映了宿主的怒氣，她那頭槍型眷獸已經變成長有好幾根鉤爪及倒刺的兇惡模樣。

「我才要問妳，做好覺悟了嗎？」

即使目睹詭異的長槍眷獸，拉．芙莉亞仍不改氣定神閒的微笑。隨後她將刺刀的刀鋒指向負傷的女吸血鬼。

「用那種小家子器的刀也想擋住我的眷獸？少瞧不起人──！」

碧翠絲放聲嘶吼。她的眷獸一口氣膨脹數倍，更分岔成好幾道，直逼公主而來。

「『蛇紅羅』！將那傢伙的五臟六腑做成肉串！」

碧翠絲自信地笑了。可是，她耳朵裡聽到的並非拉．芙莉亞的慘叫，而是公主織字紡詞串連成的優美禱告詩。

「──眾神的女兒宿於我身。軍勢的護法，劍之時代。死亡的推手終要帶來勝利！」

那段誦唱結束前，拉．芙莉亞的刺刀已被閃光包覆。青白色光芒如太陽照亮四周，形成刃長十幾公尺的巨大光刃。

公主舉起光劍一揮，槍之眷獸即遭兩斷，轉眼間無聲無息地燒光了。

「──啥？」

碧翠絲目瞪口呆地望著自己的眷獸逐步消滅。她認得拉．芙莉亞使出的那招是什麼來歷。可是，那絕對不可能。

「匠英系統的擬造聖劍……？怎麼可能！那玩意不在備有精靈爐的母艦附近，就沒有辦法用吧──！」

「虧妳能調查到這些。是賢生透露的嗎？」

點頭的拉．芙莉亞坦然表示佩服。

匠英系統是阿爾迪基亞皇室引以為傲的騎士裝備。那是透過注入龐大靈力，強行提升武器靈格的戰術支援兵器。

儘管那強大的裝備被譽為魔族天敵，但也具備一項限制——如果沒有和「蘭瓦德」那般備有精靈爐的母艦連線，就無法使用。

「可是，妳總不會不知道吧？阿爾迪基亞皇室的女子都是強大的靈媒。」

「……難道說……妳召喚了精靈……在自己體內？」

碧翠絲沾滿血污的唇正在顫抖。

拉．芙莉亞瞇起眼睛笑了。她瞇起那綻放青白色光芒的碧眼——

「是啊。現在，我就是精靈爐。碧翠絲．巴斯勒——」

公主將自身軀殼當作精靈的宿體，操縱龐大靈力的同時高舉光劍。

「妳不只針對騎士，更向非戰鬥人員出手。此番行舉——我要以拉．芙莉亞．立赫班之名將妳處斬。我眾多部下的憾恨，妳好好親身體會吧。」

和雪菜交手後已經受創的碧翠絲，沒道理閃過她的攻擊。她揮下的擬造聖劍由肩頭砍入身軀，令女吸血鬼傷重倒地。

「可……惡……為什麼……我會……」

被眩目閃光燒灼全身的同時，碧翠絲仍出聲咒罵。

她的肉體之所以沒有燃燒殆盡，還能保住原形，是拉．芙莉亞在最後關頭停下劍鋒的關係。即使如此，那依然是瀕死的重大傷勢。女吸血鬼不停猛烈痙攣，不久便不動了。

拉．芙莉亞沒有再多看自己制裁的罪人，將目光轉向天空。

在那裡張開六片翅膀飛舞著的，是模造天使——

擬造聖劍暨匠英系統，都對受神氣保護的那名人工天使不管用。如果有誰能救叶瀨夏音，也只有一個人——

「我相信你喔，古城。」

公主心愛地輕撫留在自己頸根的傷痕，微笑得好似一朵美麗的花。

7

大概是叶瀨夏音覺醒造成的影響，吹過的海風開始夾雜細雪。

濃灰色雲隙間，有道光柱伸向地面。

以那道光芒為背景，飛舞於空中的模造天使望著地面。

「Ｋｙｒｉｉｉｉｉｉｉｉｉｉ——！」

天使咆吼，黃金比例的美麗臉孔變得扭曲。

兩名「面具寄生者」的身影已經消失。儘管不熟悉的遙控裝置讓雪菜煞費心思，她還是設法讓她們停下動作，並再度進入休眠。留在天空的僅剩夏音一人。

六片翅膀上浮現的眼球，以至高者的眼神望著古城。

面對那好像要讓觀者凍結的冷酷視線，古城平靜地略過，只注視夏音的眼。夏音的淡藍碧眼中，仍有血淚不停流下。

「妳痛苦嗎？叶瀨？」

古城用平和的語氣呼喚夏音。他的聲音立刻被風雪和模造天使的叫聲掩過，但他可以篤定夏音絕對有聽見他的話。

「我明白。畢竟對拋棄那些貓的不負責任的飼主，妳也一次都沒責備過……」

不認得自己真正的父母，又失去扶養自己長大的歸宿。她比誰都切身了解孤獨與悲傷的苦，對待他人卻比誰都溫柔。

不知道那是她與生俱來的資質，還是許多人懷著愛情將她養育長大的成果。然而古城覺得夏音那高潔的風骨，絕對夠格自稱皇族。

那樣的她不可能希望傷害任何人。

縱使——對手是被神詛咒的吸血鬼真祖。

「假如被稱為神的那些傢伙既傲慢又偏頗殘酷，還非得消滅自己不中意的人事物，那我可不會讓妳去替他們跑腿。」

光劍由天使翅膀上浮現的眼珠射出。

但是，那道攻擊並非出自夏音的意志，是天使軀體的防衛反應。如同酸會腐蝕金屬，火會燒毀樹木——天使也無法不攻擊魔族。這項事實正折磨著夏音。

所謂的天使並不具備意志。祂們和熱與光一樣，只是種現象。

人成為天使，意義等同於從「生命」謫降為純粹的現象。

應該也有人會稱其為救贖；也有人會認為那是從痛苦中獲得解放。

可是，對不那麼希望的人來說，除了永劫的煎熬以外，那什麼都不是。

將夏音從這種痛苦中解救出來的辦法，只有一個——

「我現在就立刻將妳拖下來！」

古城將撒落而下的光劍陸續消除，並如此大喊。感受到他全身湧出的異樣氣息，天使的眼珠像貓一般，瞳孔縮成細線。

古城對著那些眼睛伸出左臂，手臂前端噴出的是鮮血。

「繼承『焰光夜伯』血脈之人，曉古城，在此解放汝的枷鎖——！」

鮮血轉化為龐大的魔力波動，波動凝縮後隨即變成具實體的召喚獸樣貌——一匹為晶亮銀鱗所覆的吸血鬼眷獸。

「——迅即到來，第三眷獸『龍蛇之水銀（Al Meissa Mercury）』！」

現身的是龍。緩緩蜿蜒擺動的蛇身，以及長有鉤爪的四肢，再加上兇猛駭人的巨大翅膀。那是覆有水銀鱗片的蛟龍。

而且，共有兩條——

同時出現的兩條龍呈螺旋狀交纏，化為前後各有一顆龍首的巨龍樣貌。換言之，它們融合成雙頭龍的樣貌。

曉古城從前任第四真祖「焰光夜伯」繼承的十二眷獸之一，「龍蛇之水銀」乃是二身合一的雙頭眷獸。

所以，它們靠雪菜一人的血並無法被喚醒。

想讓它們徹底聽命，需要同時有兩名不同靈媒的血。拉·芙莉亞應該就是看出這點，才讓古城吸自己的血。

巧的是，「龍蛇之水銀」實體化以後的肉體是銀色的。那是雪菜的長槍顏色，也是公主的頭髮色澤。

「Ｋｙｒｉｉｉｉｉｉｉｉｉｉｉｉ——！」

模造天使朝古城的眷獸射出光劍。

但是，雙頭龍各自張開巨大下顎，將光劍吞入口裡深不見底的深淵，然後連碎片也不剩地消失了。它吞了天使的光劍。

模造天使的六顆眼球放大瞳孔，彷彿受到動搖。

雙頭龍的水銀色巨軀則在此時發動震天撼地的攻勢。

包覆天使身軀的黃金光芒變得更加燦爛了。那是由高次元流入的神能光輝。

在光輝環繞下，模造天使方能帶著高次元世界的屬性具現於這個世界。哪怕真祖眷獸擁有多麼自豪的破壞力，也無法傷害身屬異世界的天使——本應如此。然而——

「怎麼可能……！」

那幅荒謬的景象令叶瀨賢生愕然驚呼。

古城的水銀色眷獸竟能將絕對無法觸及的天使翅膀，連同周圍的黃金光輝一同啃食入腹。代替鮮血噴出的是陣陣光芒，模造天使因而哀號。

「它居然……吞了模造天使的超次元薄膜？」

當著悵然若失的賢生的面，失去一對翅膀的模造天使從天上墜落。

但是雙頭龍的攻擊並未結束。兩道巨顎接連從前後、上下、左右來襲，將黃金保護膜刮削而去。

看到這一幕，賢生終於發現古城那頭眷獸的真面目。

「那頭眷獸——是次元吞噬者嗎！它連同所有次元將空間吞下了？」

沒錯。外表搶眼度不比雷光巨獅，聲勢狂猛也不如緋色雙角獸，然而在兇惡這方面就是由水銀色的雙頭龍拔得頭籌。

被它們用巨顎吞下的空間，會從世界上消失。

換句話說，這頭眷獸能對世界本身造成無法復原的傷害。對於身為創造主的「神」來說，雙頭龍就是天敵，堪稱最為兇猛的受詛魔獸。

不過就目前的古城看來，這頭魔獸正是用來拯救夏音的王牌。

既然手無法伸到遙遙立於高空的天使那裡，將她們拖到地上就行了。

如今模造天使失去高次元空間的庇護，古城的攻擊自然會管用。她已經不再無敵。

然而——

從夏音身體流洩出的神氣卻變得更強橫，好像在嘲笑古城這份冀望。

「唔……喔！」

被驚人的閃光灼傷角膜，古城低呼。

夏音的身體正在燃燒。嬌小得和巨大翅膀不相稱的身軀，有如蠟燭燃盡前那般噴湧出神氣點燃的煌炎。

「對啊。她只是墮入同次元而已——並沒有失去從高次元空間流入的神氣。」

賢生這番話有如自讚自誇，或者聽來也像鬆了一口氣。

夏音理應被啃噬的翅膀再生了。無數光劍從翅膀隨意飛射而出。

眷獸仍持續攻擊。雙頭龍毫不停歇地吞下噴湧出來的神氣，還有復原的天使翅膀。喪失的高次元空間防護膜並未恢復，古城的攻擊依然管用。但是，只要夏音本人沒有受傷，神氣就會繼續從高次元空間流入她的體內。

「住手，叶瀨！」

古城拚命朝不停痛哭的模造天使嘶喊。

要打倒無限再生的天使，唯有將夏音體內的靈能中樞摧毀——

然而，那是不可能的選項。古城是為了救夏音而戰，如果非得傷害她才能取勝，根本無異於敗北。

何況古城的攻擊太過強大，用在如今不具防禦力的夏音身上，肯定會要了她的命。

古城無法打倒她，贏不了她。

「沒錯。縱使對手是真祖的眷獸，模造天使也不可能會落敗。我們是不會輸的，也不可以輸——！」

「可惡！為什麼！這樣還是不行嗎？叶瀨——！」

賢生笑得有如殉教者那般滿足，黯然絕望的古城表情扭曲。

這時，隨著清冽的鋒刃颯然掃過，有一陣凜然澄澈的嗓音響起。

「不對，學長。是我們贏了喔。」

身穿制服的嬌小少女手持銀槍來到古城面前。

巧笑倩兮的她使勁蹬地縱身一躍。

「——姬柊？」

古城愕然目送她那妖精般的背影。

雪菜無畏無懼地衝進那座有人工天使射出光劍、巨龍肆虐發威的戰場。然後她不出聲息地飛舞於半空中。

「狻猊之神子暨高神劍巫於此祀求——」

雪菜舉起的銀槍呼應著她肅然誦唱的禱詞，發出光輝。

那幽亮的光是能斬除萬般結界的神格振動波，也是癱瘓魔力的降魔之光。

「破魔的曙光、雪霞的神狼，速以鋼之神威助我伐滅惡神百鬼！」

雪菜的槍破空劃出一道優美的銀色光弧。

模造天使已被古城的眷獸奪去高次元空間的保護膜，無力抵禦雪菜的攻擊。

雪菜沒有必要將夏音刺穿。

她只要在夏音的肌膚劃下一絲絲痕跡——只傷及些微表皮就行。

光是如此，夏音肌膚上的魔法紋路頓時消滅了。

能癱瘓魔力的「雪霞狼」用這一擊，消除了叶瀨賢生為女兒刻下的靈格進化術式。那就代表模造天使已失去支撐靈能中樞的力量。

「什……！」

賢生看似恍惚地望著這幕光景。

夏音從魔法的咒縛中獲得解放，取回原本的人形。六片翅膀從赤裸的她身上脫落，外型呈眼球狀的靈能中樞也因而失控狂飆。

當眾人這麼以為的瞬間——

「——啃光那玩意，『龍蛇之水銀』！」

兩道巨顎飛來，將那顆眼球徹底吞食入腹。金色光輝蕩然無存，湧現的神氣也消失了。

像是為了表明自己總算填飽肚子，雙頭巨龍留下一聲咆吼，隨後便消失無蹤。

失神倒下的夏音被雪菜攙扶著。看她安然無恙，古城鬆了口氣，接著瞪向站在背後的賢生。賢生合攏右手手指握緊拳頭。

「——事情結束了，大叔。」

賢生一臉失魂落魄地點頭。

「是啊，看來沒錯。」

古城望著他充滿失落感的眼睛，無奈地嘆氣，然後默默放下握好的拳頭。原本古城想扁他，但現在也沒了那個勁。

賢生帶著失意之色的眼睛，確實能感受到為夏音著想的愛。

縱使是違法實驗，縱使用了無視本人意願的差勁方式，這個男人確實是用他的方式在疼愛女兒。既然如此，該制裁他的就不是古城。揍不揍？原不原諒？這些並不該由古城決定。

「夏音……」

著黑衣的魔導技師無力呼喚。

曾經被稱為天使的銀髮少女，正在雪菜腿上像小貓般蜷身沉睡。

落在她臉頰的一片雪花在南島的強烈陽光照耀下，無聲無息地靜靜溶化。

8

沿岸警備隊的巡邏艦抵達，是在那之後沒多久的事。

巡邏艦上頭有南宮那月以及煌坂紗矢華的身影。救援來得比預想中早，大概就是她們費心找尋古城等人下落的證明。

「雪菜！」

紗矢華搭著附動力引擎的橡皮艇上岸，對島嶼遭火噬的慘狀不看一眼，只管將過來接風的雪菜抱進懷裡，然後用自己的臉磨蹭雪菜。

「啊～～妳平安真的太好了，雪菜雪菜雪菜！沒事吧？受傷了嗎？有沒有受傷？」

「紗……紗矢華！這樣會癢！」

面對紗矢華緊黏不放的纏勁，雪菜困擾地扭身掙扎。但從不安中獲得解放的反作用力，似乎讓紗矢華的慾望失控了。猛呼氣的她將臉埋在雪菜頸根，手也曖昧地伸進她的制服。

「紗矢華……等……等等，妳摸的那邊是……！」

「喂。」

古城不忍看雪菜繼續被蹂躪下去，就用手刀敲了失控的紗矢華。

好痛——紗矢華這麼叫出聲，眼裡帶著淚回頭。雪菜趁隙逃出她懷裡，一邊整理衣服一邊躲到古城背後。

「我……我可不想隨便被你碰耶！」

紗矢華捂著綁著馬尾的後腦杓，開口對古城抗議。之前也發生過這種狀況啊——古城如此心想，厭煩地提醒：

「點到為止吧。所有人都在看。」

「唔！」

紗矢華總算取回冷靜，怯生生地環顧四周。察覺自己造成眾人聚焦，她咳了一聲，想將事情就此帶過。

然後她視線往上瞟了一眼古城的臉色。

「原……原來你也活著啊，曉古城。運氣挺好的不是嗎？害我白擔心了。」

「抱歉，讓妳操心。還好有妳來接我們，謝啦。」

「唔……嗯，不客氣……等等，我又不是為了救你才來的！救你算順便！真的沒什麼大不了的含意！」

紗矢華滿臉通紅地回嘴。這個女生還是一樣麻煩耶——古城如此想著隨便揮了手說：

「啊～～好好好。我明白啦。」

「唔……什麼嘛，真是的。你死一死算了。」

紗矢華不知為何露出怨恨的眼神，嘀嘀咕咕抱怨起來。雪菜望著古城和她的互動，彷彿難忍頭痛地捂著眼。

「——古城，能請你幫忙嗎？」

緊接著，拉・芙莉亞喚了古城。

倒在她身旁的是不省人事的霧島和碧翠絲。如此說來，都忘記這些傢伙了——古城在心裡這麼反省。

身為登錄魔族的他們既成為罪犯，遲早會被「魔族特區」的法律制裁，但現在得先用船將人載回去才行。

「這些傢伙還活著嗎？」

古城扛起傷勢慘重的兩人，一臉擔心地問。霧島的肚皮上開了洞，碧翠絲被深深砍傷。倒下後時間過了許久，他們卻沒有回神的跡象。就算是魔族，也會讓人擔心性命是否無虞。不過——

「我有手下留情。不過，這是擬造聖劍在精靈護法下造成的傷。哪怕是魔族，沒有經過適切治療也無法痊癒。」

拉・芙莉亞神態自若地回答。這位標緻如人偶的公主，正是讓兩個魔族身受重傷的始作俑者。以後最好別惹她生氣——古城暗自在心裡如此發誓。

而紗矢華看他們倆要好地並肩走在一塊，詫異得瞪圓眼睛。

「拉・芙莉亞公主……？」

嘴唇發顫的她這麼嘀咕以後，趕緊抓著古城的胳臂將他拉到自己身邊。紗矢華面帶斥責之意，瞪著古城尖聲問道：

「你……你對誰用那麼放肆的口氣說話啊？這位是什麼人，你知道嗎？」

「呃……哎，大概啦。」

古城閃爍其詞地點頭。這麼說來他才想到，紗矢華原本會擔任拉．芙莉亞的嚮導。

畢竟是在那種兵荒馬亂的狀況下認識，古城的感覺已經有點麻痺，不過像紗矢華那種反應，應該才是對待公主的正確態度。然而，事到如今就算換方式相處，拉．芙莉亞八成也不會開心──古城不由得這麼認為。

「妳是煌坂紗矢華對不對？因為我的關係，讓妳費心了。」

拉．芙莉亞朝紗矢華微笑。紗矢華連忙端正姿勢鄭重答話：

「我向您賠罪，公主殿下。之後我會斥責這個笨蛋，還請您別──」

「無妨。古城對我別具意義……唔，因為他是我的第一個男人。」

拉．芙莉亞驀地露出嬌羞臉色，微微垂下目光。公主這番難保不會招致誤解的發言，讓古城的臉頓失血色。

「第……第一個？請問那是什麼意思……？」

紗矢華繃著臉問。公主只是雙頰泛紅地低著頭。

但她嬌美的唇正露出微微笑意，這一點古城並沒有看漏。拉．芙莉亞顯然是在拿他們尋開心，想捉弄古城取樂。

而且麻煩的是，不知從哪裡現身的那月也盯著古城他們說：

「哼。原來如此，昨晚你過得似乎很享受嘛，曉。」

「等等……那月美眉！拜託妳不要火上加油……！」

聽了班導師明顯懷有惡意的話，古城忍不出驚呼。別叫我美眉——那月嘛嘴如此抱怨，但現在並不是介意那種小事的時候。

「過得很享受……雪菜，還有公主，妳們脖子上的咬痕該不會……」

紗矢華面色蒼白地嘟噥。雪菜和拉．芙莉亞的頸根都還留著類似吻痕的小小傷口。那是古城吸過血的痕跡。

「不……不是的，紗矢華。」

雪菜急著想安撫前室友。

「這個傷口是類似人工呼吸造成的結果，絕不是什麼下流行為的痕跡。對……對不對，學長？」

「是……是啊，就像她說的。」

古城立刻順著雪菜的話接腔，試圖解開紗矢華的誤會。面對兩個人一搭一唱的藉口，紗矢華默默望了片刻。

接著便從左手提著的樂器盒裡俐落地抽出銀色長劍。她讓那柄劍變形，將銳利的箭矢搭上弦，然後怒喝：

「曉古城……………！」

「煌……煌坂？慢……慢著，冷靜下來。我記得那把弓，那超危險的對吧——！」

「可不要給我亂動，你這禽獸！一離開我的視線就馬上這樣！」

「哎，拜託妳稍微聽人解釋！」

抓狂的紗矢華發動攻擊，古城倉皇躲避。雪菜正設法阻止這場災難。

片刻間，拉·芙莉亞著實開心地望著他們那副模樣。

接著她走向被安置在救援隊擔架上的叶瀨夏音。因為她發現夏音已經恢復意識，微微地睜開眼睛。

「從惡夢中醒了嗎？夏音？」

拉·芙莉亞探頭望著與自己十分神似，有如妹妹的少女。

「夢……」

夏音一臉茫然地仰望公主，困惑地低聲說道。接著像延續夢裡的情節，她朝公主點頭。

「是的，我醒來了。爸爸說他要救我……結果……我害了好多人……」

「已經沒事了，夏音。古城他們救了妳。」

拉．芙莉亞朝夏音溫柔地微笑，並指著古城等人所在的方向。

夏音發現古城正被紗矢華說教，驚訝得瞇起眼睛。

「……是……大哥他……」

「不只他們，我也陪著妳喔，夏音。」

拉．芙莉亞握著夏音的手細語。

而夏音一臉不可思議地回望公主。直到實際接觸拉．芙莉亞的手以前，夏音或許都以為對方是夢境的一部分。

「妳是……？」

「我是……嗯，我是妳的家人。」

間隔一小段尋思般的沉默，拉．芙莉亞如此回答。

這句話彷彿帶有某種珍貴的意義，夏音也在自己口中重覆：

「家人……」

終章

Outro

巡邏艦回到絃神島港口，是接近週日傍晚之後的事。

鏡面般平靜無波的海被即將西沉的太陽照得金亮黃澄。叶瀨賢生從船艙裡望著這幅美麗景致，卻忽然聞到咖啡香飄來，一臉納悶地回頭。

這裡是用來拘留罪犯的狹窄船艙，空蕩的房間裡只擺著和地板相連的小椅子及桌子。有個男性將咖啡杯擺上桌，人就坐在那裡。

「要喝嗎？」

那是個將短髮抓成刺蝟頭，脖子上掛著耳機，約十六、七歲的少年。

少年將咖啡遞到賢生面前。

他何時進了房間，又從什麼時候就坐在那裡，賢生都回想不起。包括開關艙門的動靜、腳步聲，還有這個少年的動作，賢生一律聽不出任何聲響。

「你是誰？」

「矢瀨基樹。說是曉古城的同學，你能不能接受？」

面對賢生的質疑，少年賊笑著回答。

「那套制服……原來如此，第四真祖的監視者嗎？你是人工島管理公社的間諜吧。」

「如果這麼解讀能讓你接受，那就這麼想不要緊。」

唔——賢生在應聲時不帶關心地點頭。無論少年是什麼人，和他都沒有關係。

倘若他現在還有要掛懷的事，也就只有夏音的境遇而已。

為了完成模造天使的儀式，夏音曾在絃神市上空數次參與戰鬥。多棟建築物因而損毀，造成大量傷患。這件事很有可能讓她被追究刑責。

不過——

「關於你女兒的事，不用擔心。」

彷彿看穿賢生的心思，矢瀨隨口說道。

「畢竟她未成年，你們用來操縱她的思考拘束器也扣押在案。她反而是被當成受害者，首先就不會追究其刑責。再說不管怎樣，她還有阿爾迪基亞王室當後盾。」

「……這樣啊。」

賢生安心地呼氣。聽到這一點就已經夠了。

矢瀨聳起雙肩，有口難言似的搔著頭。

「哎，所以呢，有麻煩的自然是你的處境。」

「無所謂。對於後果我已經有所覺悟。」

「也是啦……違法進行人體實驗，外加教唆殺人。違反聖域條約的事項不計其數，最嚴重的是你使用禁咒。照常理來想，免不了要負實際刑責——」

矢瀨說著忽然眯起眼。

「但現在構成問題的是你的動機。你知道些『什麼』？」

「……什麼意思？」

賢生佯裝不解地反問。可是，矢瀨的目光並未鬆懈。

「因為疼愛女兒才有意將她送到天界，這是你的說詞——儘管不能全當成謊話，感覺上倒也不只是這樣。你做的事情有理由——讓你不惜將深愛的女兒當成實驗品，也非得急著將模造天使實用化的理由。」

「…………」

賢生沉默下來。

沒錯。賢生並非一路受到魔導士工塑利用，反倒是他為了持續研究而利用他們的資金。只要模造天使能夠實用化，這樣的技術就可以被利用在軍事上。不管會招致何種結果，賢生有他非完成模造天使不可的理由。

「問這個有什麼意義？其實你們也心知肚明吧。」

不久，賢生語氣沉重地回答了。

「真祖只能存在三名。會有第四名真祖出現，代表需要仰仗他對抗的敵人即將覺醒。我們已經沒有時間了。」

「——所以你才想製造出天使當兵器？就為了消滅『那傢伙』。」

「區區第四真祖也無法打倒的兵器，終究不會是那一位的對手。儘管笑吧，我的研究到最後只是白費力氣而已。」

賢生自嘲地笑著彎下身，之後再也沒有抬頭的意思。矢瀨無奈嘆道：

「哎，也沒那麼不中用啦。無論是你的研究或是古城。」

矢瀨留下冒著熱氣的咖啡杯起身，然後將手伸向船艙的門板。離開房間之前，他回頭告訴賢生：

「管理公社會保你這個人。抱歉，得讓你再幹些活囉，宮廷魔導技師。」

†

事件的後續處理是由那月和紗矢華接手，因此古城等人意外輕鬆地獲准回家了。巡邏艦抵達絃神港約莫三十分鐘後，準備好回去的古城和雪菜出現在夕陽照耀的甲板上。

古城換衣服有些折騰，準備下船多費了一點時間。由於和模造天使交手，他的制服變得破破爛爛，必須找別的衣服換。

結果古城拿到的是巡邏艦艦長讓給他的便宜舊衣服——超鮮豔的夏威夷襯衫，以及貼身無比的百慕達短褲。

「——就不能對這套衣服想點辦法嗎？」

古成低著頭，對自己一身與其說是渡假裝，更像街頭小混混的模樣發出嘆息。面對拖著沙灘涼鞋行走的他，雪菜似乎強忍笑意地抬起頭說：

「很適合你喔，學長。」

「被稱讚我也莫名高興不了……拿人手短，沒什麼好嫌的就是了。」

古城厭煩地搔搔頭，然後轉向背後。他並不是期待有人目送，而是在意看不到其他人的身影。

「叶瀨呢？」

「聽說她暫時要住院。因為魔法儀式的影響，她的身體相當衰弱……」

雪菜帶著關心夏音的表情回答。

冷靜一想，這也是當然的事。夏音受到逼迫，差點進化成天使那樣的異次元生物。那對她的肉體不可能沒有影響。

唯一值得慶幸的是，強制解除天使化的反作用力似乎也藉著「雪霞狼」的能力抵銷了。要不然，夏音就算當場斃命也不奇怪。

「那傢伙要不要緊啊？妳想嘛，除了身體以外還有那麼多狀況。」

古城皺著臉問。

雖說只是被利用於實驗，夏音仍讓許多人受到重傷，加上養父也被當成罪犯拘押了。對於身體衰弱的她來說，處境應該相當艱苦。

雪菜卻稍稍露出開朗的表情。

「對呀……不過，在她父親的審判告一段落前，南宮老師好像願意當她的監護人喔。」

「那月美眉嗎？這樣啊，既然如此就不太需要擔心了……」

想起班導師的娃娃臉，古城安心地放鬆肩膀。

和粗裡粗氣的態度正好相反，那月意外地懂得照顧人。這一點古城自己最清楚。像第四真祖這種不符常識的怪物，能在高中當一個普通學生，都要多虧她用盡手段安排。要設法照料一名異國的皇族，對那月來說大概算小事一件。

「拉·芙莉亞公主感到有些遺憾就是了。」

聽了雪菜這句讓人感到意外的話，古城才想起公主來絃神市的目的。

「啊，是喔……那位公主原本想將叶瀨帶回阿爾迪基亞嗎？」

「是的。不過叶瀨好像拒絕了。她說她並不希望過皇室生活。」

「……哎，既然當事人這麼說……雖然感覺也挺可惜的。」

這個符合夏音的作風讓古城心生敬意，卻也將真正的想法說溜嘴。

雪菜也微微苦笑著說：

「阿爾迪基亞的皇太后似乎也很失望。因為她期待著和叶瀨見面呢。」

「皇太后？不是前任國王？」

古城狐疑地挑眉。

對皇太后——也就是拉・芙莉亞的祖母來說，夏音何止沒有血緣關係，還是丈夫的外遇對象生的女兒。她應該沒有理由特別想見對方。

「聽說叶瀨的母親本來就是皇太后的朋友。而且知道叶瀨現在的境遇，皇太后好像相當擔心呢。」

「哦……真是個好人。相較之下，前任國王不是外遇穿幫就開溜了？未免差太多了。」

古城坦然表示佩服。

而雪菜面無表情地望著這樣的古城，然後用缺乏抑揚頓挫的冷冷語氣嘀咕：

「實在讓人無法原諒呢，像那種不負責任的人。」

「對……對啊。」

不知怎麼，古城隱隱感覺到一股危機意識，便含糊其辭地附和。他明明沒做什麼虧心事，卻無意識從雪菜面前別開視線。

「一移開視線就馬上和其他女人變得要好。而且，對象還是別人的朋友，連身分懸殊都毫不顧忌……何況，就算情況再危急，居然趁人睡著的時候直接在旁邊做出那種事——」

「我……我說啊，姬柊？妳談的是拉・芙莉亞的祖父……對吧？」

古城的語氣生硬。雪菜笑容可掬地回答：

「是啊，當然囉。還是學長另外心裡有數？」

「呃，這個嘛，怎麼說呢……」

面對她淡然反問的這一句話，古城感到走投無路地嘀咕。

隨後，船內的通道傳來輕快的腳步聲，銀髮公主出現了。在她背後有擔任嚮導的紗矢華像騎士般跟隨，真是如詩如畫的一幕。

「——原來你在這裡，古城。還有雪菜也是。」

「拉・芙莉亞？妳要回國了嗎？」

古城擦去臉頰上的冷汗，用得救般的口氣問道。

拉・芙莉亞一臉納悶地回望古城，優雅微笑著說：

「接下來我會去醫院。飛行船墜落以後的生還者似乎被收容在那裡。」

「有人獲救了啊。」

那可是好消息——這麼說的古城聲音聽起來同樣雀躍。

「是的。之後我會到東京。原本這一趟是非官方性質的訪問，不過事情鬧得這麼大，外交上總不能保持沉默。」

「外交啊……當皇族也真辛苦。」

她在連續漂流數日後捲入一連串戰鬥，還將自己的血分給古城，照理說不可能不累。失去眾多部下也不可能不讓她心痛。

然而拉・芙莉亞卻表示要回到公務崗位，古城用擔心的目光看著她。

公主一臉不可思議地仰望古城，露出嫣然微笑。

「——我不會在此道別。多虧你們，我才能平安踏上這塊土地。這段緣分遲早會再次帶來意義才是。」

公主無比高雅地說完這番話，走向古城等人跟前。接著她摟住雪菜，在左右臉頰上依序一吻。雪菜有些驚訝地接受了。

即使明白那只是問候，上演在她們之間，看來就像電影中的一幕，甚至令人有些感動。

然後公主朝古城走近一步，同樣將臉貼近。她眼裡蘊藏著使壞般的目光，接著就將自己的唇貼在緊張得僵硬不動的古城唇上。

「……！」

在場除了公主以外的人，時間都靜止了。

雪菜和紗矢華目瞪口呆愣住。她們一臉無法理解到底發生了什麼事的表情。動搖過度的古城無法動彈。公主藉機嚐遍接吻滋味之後，才總算放開古城。

「那麼，各位保重。」

拉・芙莉亞帶著天使般的笑容揮手，走下舷梯。

「啊……公主，請等等我……欸，曉古城！之後我會要你好好說明這到底怎麼回事！反正你最好化成灰──！」

回過神來的紗矢華連忙追上公主，同時回頭望向古城，火冒三丈地瞪了他一瞬。饒了我吧──這麼想的古城不禁仰頭向天。

「──學長。」

雪菜那散發一絲殺氣的嗓音，令古城渾身凍結。

「慢……慢著，剛才我並沒有錯吧？那應該只是小小的問候──！」

「小小的問候是嗎？這樣啊……」

「所以妳為什麼準備拔槍！」

古城拚命安撫將手伸往吉他盒的雪菜。於是──

「古城哥！」

接在公主一行人之後上舷梯的腳步聲，讓古城忍不住頭痛起來。

腳步聲的主人是個將長髮束得短短的嬌小國中生。是凪沙。

「欸欸欸，剛剛那是誰？她長得好像夏音，不過是外國人對不對？她好漂亮，感覺就像公主一樣。為什麼古城哥會認識她？為什麼她要和你接吻？還有古城哥你到底是跑去哪裡了？怎麼會穿成這樣？昨天你都沒回家，我很擔心耶！」

「凪……凪沙？妳怎麼會來這種地方……！」

古城望著連珠炮般問個不停的妹妹，魂已經飛了一半。

究竟發生什麼事了？古城實在不懂。他在港口這件事，凪沙應該不可能知道。更糟的是偏偏讓她撞見最不該看的場面。要找什麼藉口才能瞞混過去，這回他真的想不出來了。

接著他又發現凪沙身旁站著的人影，整張臉頓時緊繃。

到了這時候，他總算想起自己一直到剛剛都徹底忘記的重要大事。而和古城約好重要事情的對象，則對臉色發白的他露出無邪笑容。

一身便服打扮得莫名用心的淺蔥，貌似愉快地望著古城的狼狽樣。

「是我帶她來的。因為煌坂告訴過我，你會搭這艘船。」

「淺……淺蔥？為什麼……妳什麼時候……和煌坂串通了……！」

古城汗流浹背地咕噥。

他往旁邊瞥了一眼，觀察雪菜的反應，但雪菜也露出困惑的表情。看來在古城他們離開絃神島的這段期間，事情似乎變得相當複雜。

「聽說你是被勾結軍方的企業綁架，我本來還在擔心，看來似乎是我多管閒事了。你好像和可愛的外國女生變得很親密嘛。」

「錯了啦！呃，也沒有錯啦，不過我和她並不是妳們想的那種關係——對吧，姬柊？」

「這個嘛……學長和她看來確實比我想像的更要好呢。」

「姬……姬柊！」

想找雪菜幫腔卻被一口撇清，古城眼前發黑。

淺蔥帶著冷冷的笑容瞪著露出絕望表情的古城說：

「算了。反正時間很多，你就一邊當我畫畫的模特兒一邊慢慢交代清楚好了，交代你那所謂的理由。」

「模特兒……」

原來那個約定還有效？這麼心想的古城有些眼花。記得交肖像畫的期限是明天。今晚畫完就能趕上，因此淺蔥的要求並不離譜。

但是在這種情況下要面對面當作畫的模特兒，不就等於在淺蔥畫完以前都會被審問個沒完沒了嗎？

「你總不會說『不要』吧？多虧這一趟，我的創作欲都湧現了。」

淺蔥露出嫵媚笑容，還將指頭扳得格格作響。

古城默默趴向扶手。難道這就是和天神使者作對的報應？感到苦惱的他，再次詛咒自己的不幸。

夕陽沒入海平線彼端，正要造訪「魔族特區」的是另一個夜晚。

第四真祖曉古城苦難的日子，今天也依舊持續著。

後記

從天而降的女孩子最適合搭什麼交通工具——要是做個像這樣的問卷調查，相較於知名度之低，「飛行船」這玩意大概仍會穩坐前幾名。我自己是這麼預測，不過實際上會是怎麼樣呢？假如女孩子的真正身分是某國公主，各方面來說就太完美了。就飛行船而言。

就這樣，《噬血狂襲》第3集已向各位讀者奉上。

往常這部作品都將舞台放在缺乏情調的人工島，這次稍微轉變作風，增添了一些戶外氣息。以野外求生來說緊張感不夠，但我本身很喜歡漂流題材的電影，以及某齣孤島題材的電視懸疑劇（……這麼分類好像不太對），下筆時自然相當愉快。話雖如此，其實孤島情節被刪減掉原先預估的一半就是了。

至於理由，各位讀者應該也隱約察覺到了，就是因為那兩個人只顧打情罵俏，故事根本不會有進展。儘管刪掉的情節也讓我覺得可惜，但要是全部都收錄，讀了大概會想用書砸牆壁，感覺上刪掉或許才是正確的選擇吧。

還有，這一集也照例出現了新的女主角，但這次讓我錯估的是紗矢華。其實紗矢華在預定中並不會出現在這一集，和責任編輯討論時我也曾斷言：「她不會露面。」不過以結論來說，顯然她不是遇到這點逆境就會受挫的女孩子。淺蔥有身為同班同學的地利，新女主角也頗有靠外掛的調調，紗矢華夾在她們之間會吃不少苦，然而以實力方面來說，她是倍受優待的角色，能讓她像這樣強調本身存在，我身為作者再高興不過。

另外提到新女主角，曾為叶瀨夏音的性格提供建議的幾位作家，請讓我藉此處向各位表達謝意。相當感謝各位，我獲益良多。

那麼後記到了最後，這次同樣用精彩迷人的插畫為本作裝點的マニャ子老師，真的非常謝謝你！以責任編輯湯澤為首，對參與本作製作及發行的所有人，我也要致上由衷謝意。

然後，我也要對閱讀本書的各位讀者表達最高的感謝。

願我們還能在下一集見面。

三雲岳斗

Kadokawa Light Novels

煉獄姬 1~5 待續

作者：藤原 祐　插畫：kaya8

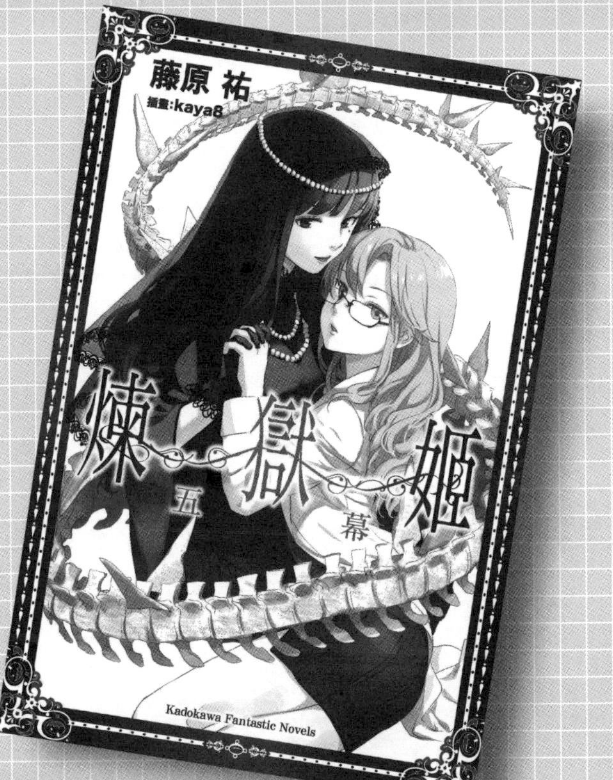

四位「羅蘭之子」的命運揭曉時，
一切終於交匯為一……

幻獸襲擊了甯都。弗格與艾兒蒂為了抵抗發狂的特莉艾拉並阻止她所犯下的錯，於是挺身對抗暴虐的化身、巨大的怪物——龍。另一方面，不僅是雷可利，連綺莉葉也被捲進與幻獸的戰鬥中。優貝歐魯為了實現他的野心，率軍進攻王城。瑩國已危在旦夕！

各 **NT$200/HK$55**

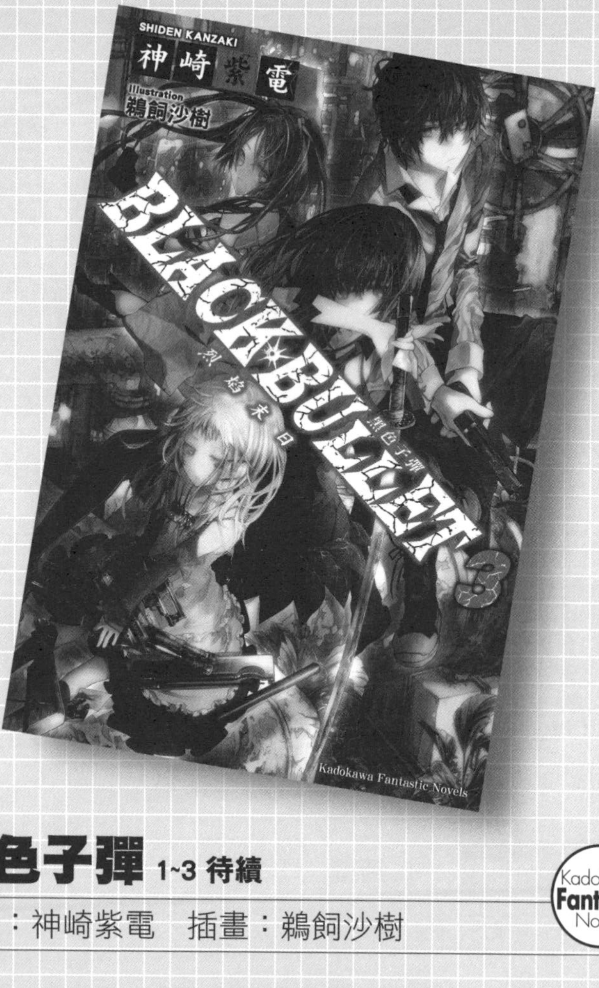

國家圖書館出版品預行編目資料

噬血狂襲 3 天使焚身 / 三雲岳斗作；鄭人彥譯.
-- 初版. -- 臺北市：臺灣國際角川, 2013.08
面； 公分-- (Kadokawa fantastic novels)

譯自：ストライク・ザ・ブラッド 3 天使炎上
ISBN 978-986-325-548-2（平裝）

861.57 102012216

Kadokawa
Fantastic
Novels

噬血狂襲 3
天使焚身

（原著名：ストライク・ザ・ブラッド 3 天使炎上）

2013年8月28日　初版第1刷發行
2021年10月29日　初版第6刷發行

作　者：三雲岳斗
插　畫：マニャ子
日版設計：渡邊宏一
譯　者：鄭人彥

發 行 人：岩崎剛人
總 編 輯：蔡佩芬
編　輯：孫千棻
美術設計：黃永漢
印　務：李明修（主任）、張加恩（主任）、張凱棋

發 行 所：台灣角川股份有限公司
地　址：104台北市中山區松江路223號3樓
電　話：（02）2515-3000
傳　真：（02）2515-0033
網　址：www.kadokawa.com.tw
劃撥帳戶：台灣角川股份有限公司
劃撥帳號：19487412
法律顧問：有澤法律事務所
製　版：巨茂科技印刷有限公司
ＩＳＢＮ：978-986-325-548-2